SEXPERIMENTE

DAS BUCH

In zehn hocherotischen Geschichten erzählen Nick und Juan abwechselnd von sich, ihren Beziehungen und den sexuellen Abenteuern, die sie mit ihren Partnern eingehen, um das Liebesleben spannend zu halten. Bei der richtigen Dosierung von Liebe, Humor und geilem Sex hilft allerdings kein Ratgeber, hier wird der Lieblingsclub kurzerhand zum Labor und los geht es mit handfesten Sexperimenten …

DIE AUTOREN

Daniel Herne, Jahrgang 1984, wohnt mit seinen drei Katern in einer Berliner Männer-WG. Mit *Sexperimente* veröffentlicht er nun sein erstes Werk, das zum größten Teil am Laptop in der freien Natur oder einschlägigen Bars entstanden ist. »Gerade weil ich noch ein unerfahrener Schreiber bin, habe ich besonders viel Wert auf ausführlichste Recherche gelegt« (D. H.)

Alex Seinfriend wurde 1976 in den USA geboren. Trotz fortgeschrittenem Alter und prüden Wurzeln, schreibt er vornehmlich homoerotische Bücher. »Sex – was man nicht hat, fantasiert man herbei!« (A. S.)

Im Himmelstürmer-Verlag startete 2011 seine humorvolle Porno-Reihe über den umtriebigen Studenten Finn Falkner.

DANIEL HERNE

ALEX SEINFRIEND

SEXPERIMENTE

EROTISCHE GESCHICHTEN

FSC
www.fsc.org
MIX
Papier aus verantwortungsvollen Quellen
Paper from responsible sources
FSC® C105338

Bibliografische Information der Deutschen Nationalbibliothek
Die Deutsche Nationalbibliothek verzeichnet diese Publikation in der Deutschen Nationalbibliografie; detaillierte bibliografische Daten sind im Internet über http://dnb.d-nb.de abrufbar.

Daniel Herne
Alex Seinfriend
Sexperimente
Erotische Geschichten

www.alex-seinfriend.de
Herstellung und Verlag: Books on Demand GmbH, Norderstedt
Umschlaggestaltung: Alex Seinfriend und Daniel Herne
Coverfoto: © Schepi – Fotolia.com
Originalausgabe, Januar 2012

ISBN-13: 978-3-8448-1707-2

Für Vivi, Kat, Gina und Dani …
… und Harry und Draco …

Daniel Herne

… und J. D., die alte Übertreiberin!

Alex Seinfriend

(UN)BEKANNTE LUST

Der immer gleiche Rhythmus hämmerte aus den Boxen. Überall schwebte Zigarettenqualm durch die ohnehin stickige Luft. Verschwitzte Gesichter leuchteten kurz im Stroboskop auf. Das übliche, rote Licht ließ die Jungs in die anonyme Masse zurücktauchen.

Hier verbrachte ich derzeit fast jeden Abend. Ich saß an einem der Tische nahe der Theke, trank Bier und rauchte. Mein Blick glitt über die zuckenden Leiber auf der Tanzfläche. Niemand gefiel mir. Obwohl das momentan mein Leben war, blieben die Menschen austauschbar. Sie waren mir egal.

Ich blies den Rauch aus und schnippte die Asche in den Aschenbecher. Lässig lehnte ich mich zurück. Auch wenn die einzelnen Typen mich nicht interessierten, beobachtete ich doch gern die tanzende Menge. Es hatte etwas Erotisches, diese zuckenden Leiber im Rotlicht. Und da sah ich ihn wieder: diesen einen Blonden. Wann immer ich herkam, saß er irgendwann am Tresen und behielt mich im Auge.

Der Traum meiner schlaflosen Nächte. Wir sprachen nie, grüßten uns nicht einmal. Wir tauschten lediglich durchdringende Blicke aus.

Ich saugte seinen Anblick in mich auf. Dunkelblonde Ponyfransen hingen ihm keck ins Gesicht. In den schlanken Fingern hielt er eine Zigarette, in der anderen Hand ein Whiskeyglas. Er trug ein figurbetontes Hemd. Auf dem Barhocker neben ihm lag eine ausgefranste Jeansjacke.

Er sprach nebenbei mit dem Barkeeper, einem Latino. Zugegeben, einem verdammt gutaussehenden Latino. Da konnte ich ihm gar nicht böse sein, dass er mir nicht die volle Aufmerksamkeit schenkte. Ich beobachtete, wie er den Barkeeper anflirtete. Es sah sexy aus, wenn er sich leicht vorbeugte. Ich mochte das freche Grinsen.

Ich hielt mich gern im Hintergrund, saß hier im Halbdunkeln. Doch der Blonde bemerkte mich immer, als ob er nach mir suchte. Inzwischen war ich derjenige, der jedes Mal nach ihm Ausschau hielt. In diesem Moment warf er mir einen intensiven Blick zu. Langsam strich er sich die Haare aus der Stirn. Ein Lächeln huschte ihm über die Lippen, bevor er dem Barkeeper das leere Glas hinschob.

Erneut begannen sie zu flirten. Blondie biss sich auf die Unterlippe, grinste kess. Er beugte sich wieder ein Stück vor, damit der Latino ihm etwas ins Ohr flüstern konnte. Danach schaute er mir in die Augen, lächelte dieses atemberaubende Lächeln und trank einen Schluck von einer goldbraunen Flüssigkeit. Immer wieder trafen sich unsere Blicke. Ich genoss es, wie er meinen Körper abtastete, und verzehrte mich regelrecht nach ihm. Offenbar wollte er mich genauso, wie ich ihn. Ich leckte mir die Lippen und verfolgte zufrieden die Blicke meines Gegenübers, die ihre Wanderung fortsetzten. Meine Ärmel hatte ich hochgekrempelt, um meine Oberarme zur Geltung zu bringen. Jetzt öffnete ich noch einen Knopf meines Hemdes. Dem Blonden schien es zu gefallen. Er hob kurz eine Braue, bevor er sein Augenmerk tiefer gleiten ließ. Ich wusste, auf welches Körperteil er es abgesehen hatte. Das brachte mich aber nicht aus der Ruhe. Geduldig wartete ich, bis er den Ausflug beendete und wieder zu meinen Augen zurückkehrte. Er grinste. Amüsiert griff ich nach meiner Bierflasche und trank den letzten Schluck. Ich gab dem Barkeeper zu verstehen, dass ich an einer weiteren Flasche interessiert war.

Es dauerte etwa zwei Minuten, bis die neue Flasche vor mir stand. Der heiße Latino hatte sie mir allerdings nicht gebracht. Dafür saß mir jetzt Blondie gegenüber. Er hatte sich einfach an meinen Tisch gesetzt, auf die andere Seite der Eckbank. Wir lehnten uns zurück und lächelten. Aus der Nähe sah er noch umwerfender aus. Das Haar glänzte im roten Licht und seine Haut schien so makellos, dass ich den Drang verspürte, sie zu berühren. Immer wieder leckte er sich über die Lippen. Meine Körpermitte reagierte sofort. Ich wollte ihm unbedingt näher kommen. Also beugte ich mich vor und legte meine Arme auf den Tisch, in der Hoffnung, er würde meine Hände nehmen.

Wir sprachen kein Wort. Das mussten wir auch nicht, unsere Blicke erzählten ganze Romane. Dann griff er nach dem Whiskeyglas. Für einen Sekundenbruchteil jubelte ich innerlich, weil ich dachte, er hätte meinen Wunsch erkannt und wir würden uns endlich berühren. Ich versuchte, mir meine Enttäuschung nicht anmerken zu lassen. Also beobachtete ich ihn, wie er trank. Der Whiskey benetzte seine Lippen. Es musste sich absolut wunderbar anfühlen, ihn jetzt zu küssen, den Alkohol von diesem Mund zu lecken …

Er stellte das Glas auf den Tisch zurück und ließ seine Hände daneben liegen. Nur wenige Zentimeter neben meinen. Er betrachtete meine Finger, als ob er sich genau in diesem Moment vorstellte, wo sie ihn überall berühren könnten.

Ich hielt mich an meiner Bierflasche fest, um mich zurückzuhalten. Es erschien mir zu früh für den ersten Schritt. Also konzentrierte ich mich auf das kalte Glas unter meinen Handflächen. Seine Aufmerksamkeit lag noch immer auf meinen Händen. Ich beobachtete die braunen Augen, seinen leicht geöffneten Mund. Wie gern wollte ich ihn anfassen. Ein Kuss bitte. Ich ließ die Flasche los und legte meine Hände offen auf den Tisch. Eine Einladung, die der Blonde annahm. Für einen Moment setzte mein Herzschlag aus, als wir uns endlich berührten, und mein Atem beschleunigte sich. Mit dem Zeigefinger fuhr er über die Innenflächen meiner feuchten Hände. Ein Schauer zog sich durch meinen Körper. Jetzt war endgültig nicht mehr genug Platz in meiner Hose. Mir wurde viel zu warm. Blondie sah mich fragend an. Ob er sich Gedanken über die nächsten Schritte machte? Der Blick brachte mich jedenfalls um den Verstand. Verdammt, ich hielt es nicht länger aus! Ich zog ihn zu mir herüber.

Einen Moment lang versanken wir in den Augen des jeweils anderen. Er fuhr mit den Fingerspitzen über meinen Mund, bevor er sich näherte. Ich küsste sie, stieß sanft mit der Zungenspitze dagegen. Sein Mund kam immer näher. Heiße Stromstöße schossen mir durch den Körper. Dieses laszive Grinsen, wie er sich auf die Unterlippe biss, das machte mich ganz wahnsinnig! Ich wollte ihn nicht länger nur anschauen, ich musste ihn endlich küssen!

Meine Hand fuhr über seinen Rücken nach oben und hielt schließlich am Hals. Es pulsierte erotisch. Dann zog ich ihn am Nacken zu mir. Wir küssten uns sanft. Nur die Lippen, die aufeinander lagen. Ich spürte den warmen Atem auf meinem Gesicht. Eine Weile verharrten wir in dieser Berührung, bevor er den Kopf neigte und den Mund öffnete. Ich biss ihn zärtlich, fuhr mit meiner Zunge die Konturen ab. Er fing sie mit seiner ein und forderte mich zu einem Duell heraus. Feuchte Hitze umfing mich. Er zitterte, als sich unsere Zungenspitzen umkreisten. Ich verstärkte meinen Griff, drückte ihn fest an mich. Auf keinen Fall sollte er mir entkommen. Meine Zunge plünderte den süßen Mund. Neugierig befühlte ich die Zähne. Aufregende glatte Spitzen. Dann lud ich ihn zu mir ein und wir lieferten uns erneut einen stürmischen Kampf.

Ich schob meine Finger in das blonde Haar, vertiefte den Kuss noch mehr. Zwischen meinen Beinen spürte ich plötzlich eine Hand. Ich schnaufte. Sein Atem ging ebenfalls heftiger. Ich leckte über die weichen Lippen und konnte gar nicht genug bekommen von diesem Mann. Dann sahen wir uns an. Ich legte all mein Verlangen in den Blick. Er sollte sehen, wie sehr ich ihn wollte. So sehr, dass es schmerzte – zumindest in der Hose.

Mein Gegenüber begann, mir das Hemd aufzuknöpfen. Im Normalfall hätte ich ihn aufgehalten, ich war aber zu gierig nach seinen Küssen und Berührungen.

Während die zarten Lippen meinen Hals umschmeichelten, warf ich einen Blick zum Barkeeper. Er beobachtete uns neugierig. Ich wusste, dass der Latino sich zu uns wünschte. Selbst auf die Distanz sprang ihm die Lust förmlich aus den Augen. Im Grunde hätte ich absolut nichts dagegen. Juan war echt geil … Allerdings wollte ich Blondie erst mal für mich allein, da war kein Platz für einen Dritten.

Ich senkte meinen Mund auf den Hals meines Partners und leckte über die makellose Haut. Der Blonde erschauderte. Sein heißer Atem stieß in mein Haar. Ich hörte, dass er die Luft einsog, als ob er meinen Geruch aufsaugen wollte. Ich roch ebenfalls. Ein feinherber, erdiger Duft. Lustvoll biss ich in die Halsbeuge, während meine Finger sein Hemd aufknöpften. Dann zog ich den Kragen beiseite, küsste die Schulter und knabberte wieder an ihm.

Mein Gegenüber richtete sich auf. Er kniete bereits auf der Bank. Offenbar wollte er mich aus meinen Klamotten befreien. Aber das ging mir zu weit. Nicht hier! Sanft legte ich ihm meine Hände auf die Brust. Ich spürte seine Bewegungen, den knackigen Körper, die aufregende Wärme. Er ließ von meinen Hemdknöpfen ab.

Dafür konnte ich mich jetzt aber nicht mehr zurückhalten. Automatisch glitten meine Hände unter das Hemd. Ein Kribbeln durchfuhr mich, als ich die samtweiche Haut spürte. Ich strich über die Hüften und legte den Bauchnabel frei. Ab da war es mit meiner Beherrschung vorbei. Wie ein Verhungernder stürzte ich mich auf den Bauch, drückte meine Zunge in den Nabel und leckte immer wieder drum herum. Ich hatte das Gefühl, jeden Moment überzukochen. Aber ich wollte nicht aufhören. Beharrlich bearbeitete ich die Vertiefung, fuhr mit meiner Nase über das dünne Band von Härchen und schob meine Hände auf den Hintern. Ich streichelte ihn erst sanft, packte dann kräftiger zu, massierte ihn, während meine Lippen den wundervollen Körper erforschten. Mein Interesse galt dabei den Stellen, die noch verpackt waren. Ich rutschte tiefer, sodass mein Kinn über die Ausbuchtung in der Hose rieb. Ich spürte den Schwanz des Blonden zucken. Seine Erektion durch den Stoff zu fühlen, zu wissen, dass er in diesem Moment nur mich wollte, erregte mich gewaltig. Mühsam widerstand ich der Versuchung, die Knöpfe zu öffnen und in aller Öffentlichkeit …

Daran durfte ich gar nicht erst denken!

Der Dunkelblonde setzte sich auf die Bank zurück und trank einen Schluck vom Whiskey. Ich konnte meine Augen keine Sekunde von ihm lassen. Es schien wohl eine Angewohnheit zu sein, dass er sich den letzten Tropfen verführerisch von den Lippen leckte. Ob er sich der Wirkung bewusst war? Ich verwickelte ihn abermals in einen heißen Kuss. Wenn das so weiterging, würde ich sicherlich noch die Kontrolle verlieren.

Da ließ er fast beiläufig seine Hand auf meinen Oberschenkel sinken. Das war zu viel! Ich zog ihn auf meinen Schoß. Wieder spürte ich den steifen Schwanz, diesmal an meinem Schritt. Ich konnte nicht verhindern, dass mein Becken sich anhob. Der Blonde grinste. Er rieb sich an mir. Ich war versucht, ihn kurzerhand auf den Tisch zu werfen und uns die Klamotten runterzureißen. Die Tische im Club hatten genau die richtige Höhe …

In letzter Sekunde zog ich die Notbremse. Ich schlug vor, draußen ein bisschen frische Luft zu schnappen. Ich dachte an die Grünfläche neben dem angrenzenden Parkplatz. Da würden wir ungestört sein. Verdammt, ich musste raus! Ich musste ihn haben!

Wir zahlten. Ich wollte schon los, aber meine Eroberung flüsterte dem Barkeeper noch etwas zu. Der Latino grinste. Dann gab Blondie ihm über den Tresen hinweg einen Kuss. Ich sah, dass Juan spitz war und mein Blonder bot sich ihm geradezu an. Ich verspürte einen Stich in der Brust. Er sollte doch allein mir gehören – zumindest heute.

Als er danach zu mir kam, schüttelte ich beim Anblick seines Lächelns die alberne Eifersüchtelei ab. Hand in Hand verließen wir den Club. Ich spürte, dass er genauso aufgeregt war wie ich.

Wir schafften es gerade bis zur Rückseite des Gebäudes, da drängte ich meine Eroberung auch schon an die Wand. Fahrig schob ich meine Hände an seinen Hüften hinunter nach hinten. Im Stehen konnte ich diesen herrlich festen Hintern viel besser greifen. Wir küssten uns so leidenschaftlich, dass wir bald heftig nach Atem rangen. Kurz darauf versanken wir erneut in hungrigen Küssen. Blondie stöhnte plötzlich auf. Ich löste mich etwas, um ihn betrachten zu können. Die Augen halb geschlossen, stand er vor mir.

Die atemberaubenden Lippen glänzten verführerisch. Ich presste mich wieder an ihn. Sofort spürte ich die harte Beule, die sich lustvoll gegen meine zwängte. Ich schob eine Hand zwischen uns und wollte ihn endlich dort berühren. Aufgeregt streichelte ich über die Schwellung und vernahm zufrieden das Keuchen. Erregt drängte sich der Blonde an mich, legte die Hände in meinen Nacken und zog meine Lippen auf seine. Ich genoss es, wie er in unsere Küsse stöhnte. Sein Schritt rieb sich begierig an meiner Handfläche. Was für eine Hitze er ausstrahlte. Dann wagte sich auch seine Hand vor und suchte ihrerseits den Weg zwischen meine Beine. Scharf sog ich die Luft ein, als ich ihn dort spürte. Ich biss mir auf die Unterlippe. Warum war der Kerl noch nicht nackt? Ich schnappte nach seinem Hals, ließ meine Zunge über die Haut wandern. Diesmal wartete ich nicht so lange. Wild zog ich das Hemd zur Seite, wollte es am liebsten runterreißen. Aber ich öffnete dann doch die restlichen Knöpfe, um meinen Liebhaber nicht zu verschrecken. Jedes Stück freigelegte Haut begrüßte ich mit der Zunge. An den Brustwarzen hielt ich mich länger auf, leckte verspielt drum herum und knabberte sie zärtlich an. Zum Abschied blies ich über die feuchten Nippel. Augenblicklich stellten sich überall die feinen Härchen auf. Danach küsste ich mich weiter abwärts, bis ich vor ihm kniete. Er wühlte sich in mein kurzes Haar. Seine Beine zitterten. Er atmete schwer, als ich mich am Gürtel zu schaffen machte. Ich öffnete die Knöpfe und spürte, wie es dahinter klopfte. Ich wollte ihn nicht zu lange warten lassen. Mit einem Ruck schob ich die Jeans hinunter. Er trug dunkelblaue Pants, die sich über die Erektion spannten. Sanft streichelte ich über den Stoff, schmiegte mich an die Beule, bevor ich das störende Kleidungsstück ebenfalls entfernte. Die Latte reckte sich mir zuckend entgegen. Ohne zu zögern legte ich meine Hand darum. Die Haut fühlte sich samtig an, so weich und warm, dass ich mich nicht zurückhalten konnte. Ich leckte die gesamte Länge ab und betrachtete die Eichel. Ein zartes Rosa mit einem schönen Schlitz und einer kräftigen Wulst. Zufrieden umschloss ich sie mit den Lippen. Ich knabberte behutsam an der Spitze, ließ meine Zunge kreisen und befühlte die empfindliche Haut. Dann ging ich zu einem normalen Lecken über. Ich wollte den Schwanz sehen können. Mit der Zungenspitze fuhr ich die Adern entlang den Schaft hinunter, glitt immer tiefer, bis ich die Hoden sanft umspielte. Aufregender Duft nach Männlichkeit benebelte mich. Ein kehliges Stöhnen verriet mir, dass es dem Blonden gefiel. Er zog meinen Kopf an den Haaren zurück und dirigierte seine Stange wieder in meinen Mund. Verdammt, was war der Kerl geil!

Offenbar hielt es mein Liebhaber nicht mehr aus. Also kam ich der Bitte nach und ging in meinen üblichen Rhythmus über. Mit der rechten Hand massierte ich den Schwanz, während meine linke den Sack bearbeitete. Ich liebte diese Hitze zwischen den Beinen. Nach einer Weile schluckte ich immer mehr, bis ich schließlich die gesamte Länge aufnahm und sich meine Nase in das knisternde Schamhaar drückte. Mein Blonder roch sensationell.

Ein ersticktes Stöhnen riss mich aus meiner Trance. Seine Oberschenkel zitterten und er stützte sich an der Wand ab. Offenbar konnte er sich kaum noch halten. Ich stand auf. Wie von Sinnen zerrte er mich an sich. Seine Zunge stieß hart in meinen Mund. Er schnaufte, drängte sich gegen mich. Meine Hände suchten wieder seinen Steifen, aber er hielt mich ab. Wahrscheinlich befand er sich kurz vorm Höhepunkt. Es erregte mich, dass er so scharf war. Wild küssend grub ich meine Finger in die prallen Arschbacken. Es dauerte nicht lange, bis ich frech die Ritze erforschte.

Unerwartet schubste er mich weg. Ich sah ihn überrascht an. Er grinste, also war alles in Ordnung. Trotzdem nahm er seine Jeansjacke. Ich wollte schon etwas sagen, als er sie auf die Wiese warf und sich drauflegte. Ich konnte meine Augen nicht von dem Schwanz lösen, den er mir mit gespreizten Beinen präsentierte. Mit geilem Blick schickte er mir eine stumme Einladung. Schließlich ging ein Ruck durch meinen Körper und ich sank neben ihn. Er versuchte, die Hose über die Schuhe zu streifen, verhedderte sich aber. Amüsiert sah ich zu, wie er da mit wippender Latte herumkämpfte. Ich verkniff mir ein Lachen. Mein eigener Schwanz verlangte schon seit einiger Zeit mehr Freiraum. Ich brauchte endlich Sex! Also half ich erst ihm und entledigte mich danach ebenfalls meiner Hose.

Er musterte mich. Ob er mit dem Anblick zufrieden war? Dann zog er mich zu sich hinunter und wir versanken erneut in eine heftige Knutscherei. Mein Steifer drängte automatisch gegen seinen Arsch. Der wusste genau, was er wollte. Meine Eroberung allerdings auch. Überraschend warf er mich zur Seite. Plötzlich lag ich unten und er sah mich mit wildem Blick an. Mit einem Grinsen legte er eine Hand um meine pochende Erektion. Anschließend nahm er seinen Schwanz mit dazu. Ich schloss die Augen und seufzte. Endlich spürte ich ihn dort. Ich genoss es, wie er sein Becken kreisen ließ, sodass wir aneinander rieben. Dann beugte er sich zu mir hinunter. Wir fochten erneut mit den Zungen, während unsere Lanzen ihren eigenen Kampf führten. Immer wieder stieß ich ins Leere und wünschte mir doch nur Erlösung. Ich keuchte, weil ich es nicht mehr aushielt.

Mein Liebhaber bemerkte meine Ungeduld. Er kramte ein Cruisingpack aus der Hosentasche. Mit zitternden Fingern zog ich ein Kondom heraus und wollte es mir überziehen. Der Blonde nahm mir den Präser aber ab. Offenbar hatte er verstanden, dass ich zu erregt war, um mir jetzt noch in Ruhe einen Gummi überzuziehen.

Zu meiner Überraschung wollte er mir aber gar nicht helfen. Er setzte bei sich selbst an und rollte den Überzieher mit einem frechen Lächeln ab. Dann riss er das Tütchen mit dem Gleitgel auf und schmierte damit seine Latte ein. Ich überlegte, ob ich etwas sagen sollte, war für eine Diskussion allerdings viel zu geil. Also spreizte ich ergeben die Beine. Blondie kümmerte sich um mein Loch, verteilte ordentlich Lube und drang schließlich vorsichtig mit dem Finger in mich ein. Fühlte sich nicht sonderlich berauschend an. Passiver Analsex stand bei mir nicht hoch im Kurs. Trotzdem machte es mich an, als sich mein Partner in Position brachte und mit seiner Schwanzspitze über meine Rosette fuhr. Dann drückte er sich langsam in mich. Mit verbissenem Lächeln schloss ich meine Beine um ihn. Stück für Stück, Zentimeter für Zentimeter tauchte er tiefer. Ich versuchte mich zu entspannen, atmete ganz ruhig. Meine Muskulatur zog sich aber fest um die Erektion. Blondie seufzte. Er hielt sich dennoch zurück, um mir Zeit zu geben. Wenn man nicht in Übung war, musste man sich erst an so ein Ding gewöhnen.

Es dauerte eine Weile, bis er sich in mir bewegen konnte. Ganz vorsichtig, als ob ich zerbrechlich wär. Ich drückte ihn mit den Waden, gab einen etwas schnelleren Rhythmus vor. Der Blonde ging natürlich sofort darauf ein. Allmählich steigerte er die Kraft seiner Stöße. Schließlich presste er meine Arme über dem Kopf auf den Boden und stieß immer härter zu. Ich zog die Beine an, entblößte mich ihm. Mein Loch gab der Beanspruchung inzwischen willenlos nach. Ich genoss es, ihm zu unterliegen, ihm ausgeliefert zu sein. Das entsprach zwar nicht der Vorstellung, die ich von diesem Abenteuer gehabt hatte, aber es war Sex. Ja, es gefiel mir sogar.

Ich wand mich unter meinem Stecher, klammerte mich an ihn, sodass er kaum noch Bewegungsfreiheit hatte. Dafür presste er sich tief in mich. Dann löste er sich und stemmte seine Hände in meine Kniekehlen. Offenbar wollte er frei ficken können, ohne dass ich ihn bei seinen Stößen behinderte. Als der Blonde seinen Rhythmus wieder aufnahm, stöhnte ich unbeherrscht in die Nacht. Hart und ungebremst preschte er in mich. Es dauerte nicht lange, bis auch er in mein Stöhnen mit einfiel.

Sofort drückte ich ihn von mir weg. Ich wollte nicht, dass er schon zum Höhepunkt kam. Der Fick gefiel mir zwar, noch war ich aber nicht bereit, meine Vorstellung vom aktiven Part aufzugeben. Dafür hatte der Kleine einfach einen zu verlockenden Arsch. Außerdem mochte ich es, wenn ich oben lag und das Tempo bestimmen konnte. Bei so einer Schnitte machte ich zwar gern mal eine Ausnahme, aber bitte nicht, ohne diesen geilen Hintern ebenfalls zu knacken.

Also drehte ich den Blonden um und kniete mich hinter ihn. Mein Süßer spielte willig mit. Glücklicherweise waren gleich zwei Kondome im Cruisingpack enthalten und das Tütchen Gleitgel war auch noch nicht leer. Als ich mich präpariert hatte, hielt ich mich eisern zurück. Nichts überstürzen!

Ich fuhr mit der Zunge die Vertiefung der Wirbelsäule hinunter, bis ich an der Ritze ankam. Ich küsste die Arschbacken und tastete mich mit einem Finger vor. Das Loch zuckte. Ich verrieb etwas Lube darauf, während ich in den knackigen Hintern biss. Langsam schob ich meinen Finger in ihn. Der Blonde seufzte und drückte sich mir entgegen. Offenbar nahm er diese Rolle öfter ein. Ich zwängte einen zweiten Finger dazu. Auch den vertrug Blondie problemlos. Also bewegte ich mich in der Rosette, schmierte ihn ordentlich ein und dehnte ihn.

Der Kleine stöhnte laut. Immer wieder fickte er sich selbst, weil er nicht abwarten konnte. Mein Schwanz zuckte vor Verlangen. Hastig verteilte ich den Rest Gleitgel auf meiner eingetüteten Erektion, bevor ich ansetzte und mich sanft in den Arsch gleiten ließ. Es fühlte sich unglaublich gut an, endlich ins Ziel zu stechen. Ich hielt ihn an den Hüften fest, damit er mir auf keinen Fall entkommen konnte. Dann fing ich vorsichtig an, ihn zu stoßen.

Den Kopf im Nacken, die Augen geschlossen, genoss ich das Kribbeln. Es zog durch meinen ganzen Körper. Ich war wie berauscht, so eng von dem Blonden umschlossen zu sein. Ich presste mich so tief ich konnte in ihn. Dann ging ich allmählich in einen guten Fick über. Immer fester und härter stieß ich ihn. Ich keuchte bei jedem Stich und er antwortete mit ungehemmtem Stöhnen. Willig nahm sein Loch alles auf, was ich ihm gab. Schließlich drängte Blondie sich mir sogar entgegen, sodass die Stöße noch heftiger ausfielen. Ich umfasste mit meiner rechten Hand seinen Steifen, um ihn gleichzeitig zu wichsen. In mir kündigte sich bereits ein verräterisches Kitzeln an und ich wollte, dass er mit mir zusammen kam.

Lange hielt ich nicht mehr durch. Aber der Blonde schien ebenfalls auf der Zielgeraden zu sein. Ich stieß härter zu, wichste den Schwanz kräftiger.

Plötzlich fing er an, seinen Arsch anzuspannen. Die Muskeln zogen sich rhythmisch um mich und massierten meine Latte zusätzlich. Das war so geil! Ich konnte mich nicht mehr zurückhalten. Wie ein gewaltiger Orkan brach der Orgasmus über mich herein. Unaufhaltsam durchfuhr es meinen gesamten Körper. Mit einem letzten harten Stoß und einem erlösenden Schrei kam ich. Mit aller Kraft drängte ich mich gegen Blondie, der meiner Gewalt nichts entgegensetzen konnte und nach vorn fiel. Mir war gerade alles egal. Glücklich ließ ich mich auf ihn fallen, seinen Schwanz fest umklammert. Ein paar letzte Bewegungen und ich vernahm ein heiseres Aufstöhnen, das mir verriet, dass nun auch mein Partner abspritzte. Ich spürte seine Kontraktionen an meinem Steifen, der noch in ihm steckte. Dann gab er sich laut und lustvoll den Gefühlen hin.

* * *

Es dauerte einige Minuten, bis wir wieder zu Atem kamen.

»Ich kann's nicht glauben: Du hast ihn tatsächlich geküsst!« Ich setzte mich mühsam auf.

Fabian lag noch grinsend im Gras. »Machst du jetzt auf eifersüchtig?«

»Und wenn?«

»Komm, als würde dir das nicht gefallen! Du hättest ihn doch am liebsten gleich mitgenommen!«

Ich lachte. »Quatsch!« Tatsächlich aber hatte Fabian recht. Der Barkeeper war verdammt heiß. Da reichte schon ein Gedanke in eine bestimmte Richtung und ich wurde geil.

»Leugnen zwecklos! Ich kenn dich!«

»Okay. Ich würd Juan auch gern mal vor die Flinte kriegen. Zufrieden?«

»Aha! Das sind mir die Liebsten: Eifersüchtig sein und dann selbst auf andere abfahren!«

»Hallo? Ich hab nur harmlose Sexfantasien! Du hast den Kerl geküsst! Auch noch direkt vor meiner Nase!«

»Ja, okay. Tut mir leid …« Fabian zog mich zu sich. »Ich mach es nie wieder, versprochen!«

Ich lächelte.

»Ich liebe dich, Nick!«, flüsterte er.

»Ich liebe dich auch!«

Dann küssten wir uns.

NOTSTAND

Eigentlich liebte ich meinen Job hinter der Theke. Heute aber war ich genervt. Gerome, Chef des kleinen Clubs, hatte vor etwa zwei Wochen was mit Marc angefangen, unserer Thekenschlampe. Nicht, dass das ein Problem für mich war. Ich konnte mir weder mit Marc noch mit Gerome etwas vorstellen. Auch wenn ich zugeben musste, dass mein Boss für seine gut vierzig Jahre ziemlich in Schuss war. Für meinen Geschmack redete er nur zu viel – genau wie Marc. Ich wollte gar nicht drüber nachdenken, was die alles laberten, während sie miteinander zugange waren. Obwohl, das war ja eh vorbei. Der Auslöser für meine schlechte Laune: Weil Gerome trotz neuer Beziehung wie üblich die Finger nicht von anderen Kerlen lassen konnte, war die Sache zwangsläufig auf ein bombastisches Finale zugesteuert. Nicht im Bett, sondern hier, mitten im Laden, zur Rush-Hour. Geromes Hände hatten mal wieder in die Arschtaschen eines Jünglings gefunden. Keine Ahnung, was er sich da zu finden erhoffte. Marc allerdings stoppte kurzerhand das Gewummer der Soundanlage und sprang über den Tresen. Plötzlich war da nicht mehr viel mit Reden. Völlig außer sich ging er auf seinen frischgebackenen Ex-Freund los. Sollte mal einer sagen, Tucken könnten nicht zuschlagen! Marcs Mädchenfaust landete überraschend kräftig auf Geromes linkes Auge. Zack! Bis hierhin eigentlich eine herzerfrischende Abwechslung in so einer Szenebar, wenn Gerome nicht auch Marcs Chef gewesen wäre.

Seit einer Woche stand ich nun so gut wie allein hinter der Theke und arbeitete im Akkord. Mein Boss lag zu Hause auf der Couch, weil er sich mit einem dicken Auge hier nicht sehen lassen wollte. Wahrscheinlich ließ er sich königlich von einem Knaben bedienen, während ich mit dem Ausschenken gar nicht mehr hinterherkam. Dabei musste ich Gerome zugutehalten, dass er trotz seiner Kriegswunde ziemlich schnell für Ersatz gesorgt hatte. Schon am dritten Tag nach Marcs unrühmlichem Abgang war Ahmed aufgetaucht. Ein junger Türke, gerade achtzehn, der sich kurz nach dem Abi ein paar Scheine für eine Amerikareise dazuverdienen wollte. Herziges Bübchen, aber absolut fehl am Platz. Jetzt stand er wieder hilflos in der Gegend herum, während bei mir eine Bestellung nach der anderen einging.

Verdammt, keine Zeit für eine Zigarette! Meine Vierte an diesem noch frühen Abend, die ungeraucht im Aschenbecher verqualmte.

»Soll ich …«, fing Ahmed an. Er zupfte verhalten an seiner Hose, die ihm wohl nicht bequem saß. Sicher hatte Gerome ihm Vorschläge gemacht, was die Arbeitskleidung betraf. In einem Szeneclub hatte man schließlich entsprechend auszusehen. Da saßen die Klamotten gern ein wenig enger, als man es von zu Hause gewöhnt war.

»Bier«, gab ich kurz Anweisung und deutete auf vier Jungs, die wahrscheinlich jeden Moment in die Theke beißen würden.

»Wir hatten aber …«, wollte sich einer von ihnen beschweren.

Ich würgte ihn ab. »Geht aufs Haus!«

Hektisch kippte ich einen Long Island zusammen. Gerome konnte ohnehin froh sein, dass der Laden überhaupt geöffnet war. Ich hatte es ja kommen sehen, mit ihm und Marc! Jetzt schämte sich der Idiot wegen eines blauen Auges. Am liebsten hätte ich ihm auch noch auf's andere geboxt, dann wär's Kunst gewesen und er hätte arbeiten können …

»Stress?«

Die Stimme kannte ich. Ich sah hektisch auf und mit einem Mal war es viel ruhiger um mich herum. Der Gesprächslärm, das Donnern der Anlage, als hätte jemand meinen persönlichen Soundtrack von Techno auf Soul geschaltet.

»Quatsch, alles bestens!« Ich brachte mein erstes Lächeln des Abends zustande. Von jetzt an ging's bergauf. Ich konnte mir die meisten Namen der Jungs nicht merken, Gesichter vergaß ich allerdings nie. Das vor mir war ein besonders Hübsches. Dunkelblonde Bubifrisur, freches Grinsen, rehbraune Augen. Ich wusste, dass er auf mich abfuhr. Er sprach stets über völlig belanglose Dinge, aber in seinen Blicken lag immer Sex. Nichts Ungewöhnliches in meinem Job. Bei diesem Kerl jedoch stand mein Herz regelmäßig in Flammen. In meiner Hose regte es sich sofort. Unglaublich, was der Typ für eine Wirkung hatte. Ich verzog das Gesicht und versuchte mein bestes Stück unauffällig in eine angenehmere Position zu bringen. Das war eine der weniger schönen Begleiterscheinungen, die enge Dienstkleidung mit sich brachte: Sobald sich unten etwas tat, herrschte akuter Platzmangel.

Seiner Aufmerksamkeit entging es jedenfalls nicht. Er schickte mir ein anzügliches Lächeln über die Theke.

Eine Weile konzentrierte ich mich aufs Cocktailmixen. Aber dann beugte ich mich doch zu ihm hinüber und flüsterte ihm ins Ohr: »Du bist viel zu schön für diesen Laden, du gehörst eher in mein Bett.«

Er lachte. Seine Augen funkelten.

Normalerweise war ich nicht so direkt. Als Latino hatte ich allerdings bei den meisten Kerlen einen Exotenbonus. Entsprechend bekam ich häufig Komplimente und noch mehr eindeutige Angebote. Manchmal nutzte ich das ganz gern aus, generell war es aber nicht meine Welt. In diesen braunen Augen vor mir sah ich jedoch etwas, das mich anspornte. So süß der Typ auch aussah, sein Blick verriet, dass er heute schmutzigen Sex im Kopf hatte. Ein Verlangen, das mich sofort ansteckte. Ich würde mich ohne zu Zögern zur Verfügung stellen.

Wieder strich ich über meine Körpermitte. Langsam schmerzte die Erektion. Bis zum Dienstschluss dauerte es noch eine Ewigkeit. Es war gerade mal nach Mitternacht. Keine Chance, das Monster irgendwie zu besänftigen.

Eilig stellte ich ein paar georderte Bierflaschen auf den Tresen, bevor ich Caipis mixte. Ich warf meinem Dunkelblonden einen hoffentlich heißen Blick zu. Noch hatte ich außer dem Lachen und den funkelnden Augen keine Antwort auf mein recht eindeutiges Angebot erhalten. Es war zwar offensichtlich, dass er mich wollte, aber …

Plötzlich schepperte es hinter mir. Ich atmete tief durch. Seit Ahmed seinen Dienst hier verrichtete, wusste ich genau, wie es klang, wenn ein vollbeladenes Tablett zu Boden ging. Der Junge war echt unfähig!

»Tut mir leid …« Er sah mich hilflos an. Dann machte er sich daran, die Scherben aus der schäumenden Brühe zu fischen.

»Lass das!« Ich zog ihn auf die Beine. Der Kerl war in der Lage, sich aus versehen die Pulsadern aufzuschneiden. »Hol einen Besen und feg den Scheiß unter die Theke!« Sicherheitshalber deutete ich auf die Stelle, die ich meinte.

»Aber …«

»Wir haben dafür jetzt keine Zeit! Du kannst das nachher immer noch wegmachen. Hauptsache, wir treten da erst mal nicht rein.«

Er nickte. Dann legte er sich auch noch um ein Haar mit den nassen Schuhen hin. So ein Trottel! Wenn ich ihn nicht festgehalten hätte … Immerhin spürte ich unter dem Hemd erstaunlich muskulöse Oberarme. Ganz so knabenhaft war er offenbar doch nicht, schoss es mir durch den Kopf. Ich sah ihm überrascht hinterher. Wieder zupfte er sich im Gehen am Schritt herum. Ob ihn auch Platzprobleme plagten?

Als ich mich umdrehte, war der Barhocker, auf dem mein Lieblingsgast gesessen hatte, von einem anderen Kerl besetzt. Enttäuschung stieg in mir auf, die sich noch verstärkte, als ich den Blonden bei einem dunkelhaarigen Typ fand. Sie saßen in einem der Separees im dunkleren Teil der Bar. Das war der unnahbare Schöne, der bei mir vor ein paar Minuten mit stummem Blick ein neues Bier geordert hatte. Ich überlegte, ob ich rübergehen sollte, um die Bestellung persönlich … Aber sein Gegenüber hatte ihm wohl schon eine Flasche mitgebracht. Mist!

Ahmed kehrte ungeschickt die Scherben beiseite. Er beugte sich so, dass sein Hintern ständig im Weg war. Als meine Hand zum zweiten Mal gegen sein strammes Hinterteil stieß, fauchte ich ihn an: »Verdammt! Nimm deinen Arsch da weg! Und beeil dich mal! Wir gehen hier unter!«

Er antwortete nicht, sah mich nur niedergeschlagen an. Offenbar war er genauso frustriert, wie ich mich gerade fühlte.

»Hey Juan, brauchst du Hilfe?«, fragte Michael, einer der Stammgäste.

»Wenn du eine Knarre hast, können wir unseren Neuen von seinem Elend erlösen …«

Michael lachte. »Nee, der braucht was ganz anderes! Seit wann bist du so brutal?«

»Seit mein Chef auf ein harmloses Veilchen Ewigkeiten krankmacht!«

»Gerome will sich halt nicht blamieren.«

»Das hat er doch schon hinter sich! Erst die eigenen Mitarbeiter bespringen und dann zurecht öffentlich eine Ohrfeige kassieren. Da kann er auch arbeiten kommen.«

»Wenn ihr eine Pause braucht, Hannes und ich springen gern für ein paar Minuten ein. Oder wie lang es bei euch dauert.« Michael zwinkerte mir zu.

»Hä? Was dauert?«

»Na, bis ihr Thekenschlampen euch abreagiert habt. Bei solch dicken Eiern kann es doch nur Stress geben.«

»Caipi mit Schirmchen?«, überging ich seine Beobachtung und stürzte mich in die Arbeit zurück.

Mein Blonder versank zwei Tische weiter in das Hemd des Unnahbaren. Sie küssten sich leidenschaftlich. Deren aktueller Soundtrack passte ganz bestimmt nicht zum Technogeballer, das mir blieb. Dann warf mir der dunkle Kerl einen Blick zu. Plötzlich war er gar nicht mehr so abweisend. Auch in seinen Augen lag Sex und vielleicht sogar Interesse an mir. Obwohl der Blonde ein echter Engel war, sein Partner entsprach eher meinem Typ. Ein Abenteuer mit beiden wäre der Himmel. Allerdings übermittelte der Kerl mir keine Einladung. Generelles Interesse hin oder her, er wollte seinen Fang offenbar für sich allein haben. Ich konnte es ihm nicht verübeln. Ich würde so eine Eroberung ebenfalls nicht in der ersten Nacht mit jemand anderem teilen.

»Jetzt reicht's aber!« Michael sah mich kopfschüttelnd an. »Nimm das Zeug hier weg und gib mir was Anständiges!«

Irritiert sah ich, dass ich ihm fälschlicherweise ein Bier hingestellt hatte.

»Oder lass nur, ich komm rum!«

Bevor ich ihn abhalten konnte, sprang er auch schon mit wedelnden Armen hinter den Tresen. Mit flinken Fingern fing er an, die Gäste zu bedienen. Ein dankbares Raunen ging durch die Menge.

»Hannes!« Seine schrille Stimme trällerte über die Musik hinweg. Er winkte auffällig nach seinem Freund und bedeutete ihm, ebenfalls die Seite zu wechseln. Dann wand er sich an mich: »Und du, mein Freundchen, kümmerst dich jetzt um den Kleinen!«

»Hey, ich kann euch doch hier nicht allein …«

Michael schrie laut durch den Club: »Für die nächste halbe Stunde keine Cocktails!« Grinsend nickte er mir zu. »So, das wäre geklärt. Alles andere bekommen wir hin.«

Ich sah meinen Blonden wieder in den Armen des Fremden. Die beiden machten den Eindruck, als würden sie jeden Augenblick übereinander herfallen. Na, das wäre eine Extrashow! In diesem Moment war ich froh, dass Gerome meinen Vorschlag mit dem Darkroom abgelehnt hatte. Ganz sicher hätten sich die zwei dorthin verzogen.

»Was stehst du hier noch rum?«

»Ich …«

»Pass mal auf, Latinoboy! Du kannst den Schönling noch stundenlang anschmachten, er wird trotzdem nicht mit dir in die Kiste springen. Nick und Fabian treiben nur ihre Spielchen. Die lassen sich nicht von anderen flachlegen. Du bist höchstens ein Appetitanreger. Glaub mir, die Show ziehen die nicht zum ersten Mal ab. Jetzt beweg deinen Arsch nach hinten und kümmer dich um den Kleinen. Der steht nämlich wirklich auf dich, falls du's nicht gemerkt hast. Wenn du mich fragst, sieht er auch nicht unbedingt schlechter aus als deine unerwiderte Liebe. Du stehst doch eh auf Dunkelhaarige, also mach dich ran!«

»Jetzt hör auf! Ich treib's nicht mit Kollegen, wo sowas hinführt, wissen wir doch.«

»Ja, blaues Auge. Und? Erst geil ficken, danach krankmachen und chillen. Kostet bloß ein Veilchen.«

»Das gibt nur Stress. Außerdem steht Ahmed nicht auf mich.«

»Ja, weil du ihn ständig anblökst! Los, geh und mach dem Jungen ausnahmsweise eine Freude!«

Ich sah, wie mein Engel und sein Freund sich erhoben. Nick und Fabian also. Sie kamen zum Tresen. Was hatte Michael gesagt? Die beiden spielten nur mit den Erwartungen anderer, um sich daran aufzugeilen? Der Blonde kam auf mich zu. Sein Lächeln warf mich echt um. Ich erwiderte es, obwohl ich wusste, dass er jetzt gehen würde. Irgendwie wollte ich Michaels Geschwätz keinen Glauben schenken.

Der Dunkle knallte mir hastig das Geld auf die Theke, drehte sich um und ging. Sein Freund aber blieb noch stehen. Er zeigte mir wieder ein anzügliches Grinsen. Seine Lippen bewegten sich. Ich beugte mich über den Tresen, wand ihm mein Ohr zu.

»Vielleicht ein anderes Mal ...« Er zwinkerte mir zu. Dann küsste er mich zärtlich auf den Mund.

Das alles war viel zu schnell vorbei. Ich wollte ihn eigentlich festhalten, ihn bitten, nicht zu gehen. Zu spät. Sehnsüchtig sah ich ihm nach. Ich fühlte mich, als hätte mir irgendwer eins übergezogen.

»Los jetzt!« Michael schob mich hartnäckig von meinem Arbeitsplatz weg. Kopfschüttelnd versuchte ich, meine Gedanken an den Blonden loszuwerden. Ich befand mich auf Arbeit und hatte nach Michaels Meinung ein Problem zu lösen. Wobei ich zweifelte, ob tatsächlich nicht Michael und Hannes das Problem waren, so wie sie die Bierflaschen über die Theke warfen. Die beiden würden sich allerdings kaum von ihrer Idee, hier kurz auszuhelfen, abbringen lassen. Gut, sollten sie den Ausschank übernehmen. Es konnte nicht schaden, wenn ich wirklich mal kurz nach meinem Kollegen schaute.

»Ahmed?« Ich betrat den Flur zu den Personalräumen. Noch immer fühlte ich mich etwas benommen von der Erkenntnis, dass der süße Blonde nur mit mir gespielt hatte. Das war Premiere. Bislang hatten es alle Jungs auch ernst gemeint.

Ich schaute in das kleine Büro. Leer. »Verdammt, wo steckst du?« Nach der Enttäuschung spürte ich jetzt wieder den Ärger von davor. Warum verschwand der Idiot einfach nach hinten?

Ich stieß die Tür zur Mitarbeitertoilette auf. »Bist du hier?«

Keine Antwort. Dafür ein Schniefen.

Sofort tat mir mein rüder Ton leid. »Hey«, versuchte ich es noch mal, »was ist los?«

Die Kabine war nicht verriegelt. Ich schob die Tür vorsichtig auf. Ahmed saß mit angezogenen Beinen auf dem Klodeckel.

»Warum heulst du denn?« Das klang auch wieder so rabiat. Irgendwie lag das wohl an meinen Machowurzeln.

Ahmed sah mich irritiert an. Offenbar hatte er sich ebenfalls mehr Mitgefühl versprochen. »Meine Hose kneift.«

»Echt? Wegen so was heul ich auch oft! Wir sind bestimmt Schwestern!«

»Du weißt, dass du ein Arschloch bist?«

»Moment. Wechselst du gerade das Thema?«

Er schob die Augenbrauen zusammen. Michael hatte recht, der Junge sah wirklich zum Anbeißen aus. Bei all dem ungeschickten Gehampel hinter der Theke war mir das bislang nicht aufgefallen. Der Kleine konnte sich doch nicht mal die Schuhe zuschnüren, ohne dabei eine Katastrophe zu verursachen. Achtzehn! Vor ein paar Monaten hätte er um diese Zeit gar nicht mehr im Club sein dürfen!

»Stehst du jetzt nur hier rum und glotzt mich an?«

»Nein, eigentlich wollte ich dich zurück an die Arbeit peitschen.«

»Und wo ist deine Peitsche?«

Sein Blick glitt an meinem Körper hinunter und blieb auf meinem Schritt hängen. Er leckte sich kurz über die Lippen, bevor er mich wieder ansah. Mein Schwanz pumpte sich augenblicklich zur vollen Größe auf. Also hatte Michael zumindest in dieser Sache recht!

»Gerade stehen zwei unserer Stammgäste hinter der Theke. Wir haben keine Zeit für Scherze.«

»Ich bin eh gefeuert, oder nicht?«

»Warum?«

Ahmed schüttelte den Kopf. »Tu nicht so. Du hasst mich!«

»Nein, ich …« Ich überlegte. War ich wirklich so scheiße zu ihm gewesen? Okay, er war ungeschickt und eigentlich kaum zu gebrauchen, aber ich wollte doch nicht, dass er sich wegen mir schlecht fühlte. Ich ging einen

Schritt zu ihm in die Kabine. Bevor ich ihm aber freundschaftlich die Hand auf die Schulter legen konnte, trat er sich die Schuhe von den Füßen und sprang auf.

»Ich muss meine Hose loswerden, dann kann's weitergehen.«

Sein Körper streifte mich. Wahrscheinlich gar keine Absicht. Dann nestelte er an seiner Hose, zog sie sich herunter und drückte dabei seinen Hintern gegen meinen Schritt. Mein Schwanz pochte wild.

»Hey, was soll das?« Ich wich zurück, weil ich nicht wollte, dass er erneut meine Beule berührte.

»Na, ich zieh dieses Scheißding aus!«

Überrascht sah ich, dass er einen Stringtanga trug. Ich lachte auf.

»Was ist?«

»Na, die Dinger sind die Hölle!«

Er grinste. »Das weiß ich inzwischen auch!«

»Warum hast du so was – ähm, Edles überhaupt an?«

»Na ja, ich dachte … Egal!«

»Bist du auf der Suche?«

»Kein Kommentar! Bleibst du jetzt da stehen?«

»Du planst doch hoffentlich nicht, mit dem ekelhaften Kerl von gestern mitzugehen!«

Gestern hatte sich einer der Sugardaddys an den Tresen verirrt und regelrecht gesabbert beim Anblick des Frischfleischs, das Ahmed in dessen Augen darstellte. Ab und an kamen solche Typen in den Club und schleppten ein Jüngelchen gegen Bargeld ab.

»Was geht's dich an?«

»Hallo? Du bist noch grün hinter den Ohren! Überhaupt, wenn Gerome das erfährt …«

Ahmed zog den String aus und kniete sich auf die Toilette. Aufreizend streckte er mir den Hintern entgegen. Ein ebenmäßiger, olivfarbener Teint und für einen Türken recht unbehaart. In meinem Kopf schlugen die Fantasien Salto. Aber ich durfte mich auf keinen Fall auf Ahmed einlassen. Der Junge hatte von Tuten und Blasen …

»Glaubst du etwa, ich bin noch Jungfrau?« Er spuckte sich auf die Finger und verrieb den Speichel auf seiner Rosette.

Das konnte doch nicht wahr sein! Irgendwo hing sicher eine Kamera und Gerome lachte sich halbtot. Die Situation passte vielleicht in einen Pornofilm, aber nicht zu einem achtzehnjährigen Türken.

Mein Schwanz allerdings sah das ganz anders. Als Ahmed einen Finger in das Loch drückte, schien mir mein Teil durch die Hose explodieren zu wollen.

»Zieh dich an, wir haben zu tun!« Verstört trat ich die Flucht an.

Im Flur versuchte ich, meine Latte zu richten, bevor ich in den Club hinausging. Michael und Hannes hatten glücklicherweise alles im Griff.

»Na?« Michael grinste breit. Dann fiel ihm meine Beule auf. »Oh, das sieht aber nicht entspannt aus.«

»Verkneif dir dein Gesülze!«

Michael hob die Augenbrauen. »Junge! Du brauchst dringend einen Fick!«

Ich ignorierte ihn. Konzentrieren konnte ich mich trotzdem nicht. Immer wieder sah ich Ahmeds Hintern vor mir. Verdammt, der Kerl war heiß! Wie hatte mir das nur entgehen können? Ich dachte an die muskulösen Arme unter dem Hemd, die glatte Haut und – offenbar hatte er einen Abstecher in die Welt der Ekstase genauso nötig, wie ich …

»Sag mir nicht, dass du den Kleinen abgewiesen hast!« Michael schnaubte. »Der ist schon spitz auf dich, seit er hier angefangen hat. Wenn du ihn nicht willst, wir nehmen ihn sofort.«

»Ach, was wollt ihr denn mit ihm machen? Modenshow? Rosa Kleidchen anziehen?« Ich tätschelte Michaels Wange.

»Zisch ab, sonst zeig ich dir gleich mal, wie gut *du* in einem rosa Kleidchen aussiehst …«

Da brannte mir plötzlich eine Sicherung durch und ich stürmte zurück in die Hinterräume. Ahmed kam gerade vom Mitarbeiterklo und hielt den String in der Hand. Seine Hose hatte er aber wieder an.

»Was?«, fragte er patzig, weil ich ihn anschaute.

»Wir müssen reden!« Ich zerrte ihn mit mir ins Büro.

»Was willst du denn …«

»Die Hose ist viel zu eng!« Ich riss an seinem Gürtel.

Ahmed verstand sofort und half mir. Kurz darauf rutschte die Hose auf den Boden. Fahrig schloss ich die Tür, drehte den Schlüssel herum. Dann stürzte ich mich auf Ahmed. Ich presste ihn an mich. Meine Hände umfassten den knackigen Hintern, während meine Zunge in seinen Mund stieß. Wir taumelten gegen den Aktenschrank. Mein Gehirn setzte aus, als ich seinen Schwanz an meinem Schritt spürte.

»Wenn du ficken willst, dann los!« Ich schubste ihn zu Geromes Bürostuhl. Ahmed kniete sich folgsam darauf und streckte mir erneut die Rosette entgegen. Ich konnte es noch immer nicht glauben, dass sich der Kerl mir so willig anbot. Aber diesmal war ich bereit, das Geschenk anzunehmen. Wahrscheinlich hatte ich mir in meinem Leben noch nie so schnell die Hose vom Leib gerissen. Ich sah nur diesen geilen Arsch und Ahmeds Finger, der wieder um das Loch spielte.

»Los, fick mich!« Ahmed winselte beinahe.

»Moment!« Hastig zog ich Geromes Schubladen auf, kramte darin herum. Ich wusste, dass er irgendwo … Ah, da waren sie. Ich holte ein Kondom hervor. Eilig zog ich es über meine Latte, spuckte mir auf die Finger und verteilte noch ein bisschen Speichel auf Ahmeds Arsch. Er stöhnte, als ich meinen Zeigefinger ein Stück in ihn drückte. Mein Verlangen war so groß, dass ich es kaum aushalten konnte. Plötzlich schien das Kondom viel zu klein zu sein. Am liebsten hätte ich mich einfach in das Loch gerammt. Aber ich wollte es nicht übertreiben, immerhin hatte ich es mit einem Achtzehnjährigen …

Plötzlich griff Ahmed nach hinten, nahm meine Hand und drückte sie mit einem Ruck gegen sich. Mein Finger steckte mit einem Mal ganz in ihm. Er seufzte wohlig. Dann schob er sich rhythmisch gegen mich, ließ sein Becken kreisen.

»Verdammt …« Von wegen Vorbereitung und vorsichtig sein. Jetzt gab es kein Halten mehr! Ich zog meinen Finger aus ihm zurück und setzte meinen Schwanz an. Ungeduldig zwängte ich meine Eichel in das enge Loch.

»Ah!«, machte Ahmed.

Offenbar war ich zu schnell. »Wohl doch nicht so geübt, was?«

Ahmed wichste sich hektisch, sagte aber nichts. Mir fiel allerdings auf, dass er sich verkrampfte. Ich gab ihm links und rechts einen ordentlichen Klaps auf die Arschbacken. Ja, das hatte man davon, wenn man den Mund zu voll nahm. Ich zog mich wieder zurück und dehnte ihn noch etwas mit den Fingern.

»Aber große Töne spucken …« Ich konnte mir nicht verkneifen, den Kleinen ein bisschen zu ärgern.

»Halt die Fresse, ich hab bestimmt mehr Erfahrung als du!«

Ich lachte. »Wem erzählst du das Märchen eigentlich?«

»Hab ich etwa gesagt, du sollst aufhören? Schlappschwanz!«

Wortlos setzte ich meinen Steifen wieder an und schob mich in den süßen Arsch. Diesmal ging es etwas leichter.

»Ist das alles?«, keuchte er.

Ich wusste, dass er mir lediglich etwas vormachte. Trotzdem ließ ich mich dazu verleiten, meine Latte gleich ganz in den kleinen Wichtigtuer zu versenken.

»Ooah!« Er krallte sich in die Stuhllehne.

»Na? So was schon mal drin gehabt?«

»Ich hatte mir – was Größeres – erhofft.« Sein Atem ging nun stoßweise.

Ich zog seine Arschbacken auseinander und presste mein Becken vor. Dann zog ich ihn an Schulter und Bauch so fest an mich, wie ich konnte. Jetzt war ich wirklich bis zum Anschlag drin.

»Aah, aah, au-au …«, winselte der Idiot. Er versuchte, meinem Stich irgendwie zu entkommen. Aber ich ließ ihn nicht. Wenn er sich mehr erhofft hatte, sollte er ruhig mal spüren, wie enttäuschend ich doch ausgestattet war. Zu meiner Überraschung beschwerte er sich jedoch nicht. Sein Schweigen sagte mir allerdings auch so, dass er mit meiner Größe ganz schön zu kämpfen hatte. Amüsiert beobachtete ich, wie er angestrengt seinen Schwanz wichste, um den Schmerz auszugleichen.

Dann begann ich mit meinen Stößen. Brav quittierte er jeden Einzelnen mit einem Stöhnen. Immer wieder zog ich ihn an den Hüften auf meine Lanze, schob mit dem Becken noch mal nach, um ihn wirklich ganz auszufüllen. Zwischendurch mal ein paar schnellere Stiche und anschließend wieder schön langsam bis zum Anschlag rein.

Nach einer Weile hob ich sein Bein zur Seite, sodass ich seine Latte greifen konnte. Immerhin war er noch einigermaßen steif, also war es auch nicht ganz so schlimm für ihn. Ich packte ihn hart und genoss das Pulsieren in meiner Hand. Dann spuckte ich mir in die Handfläche, um ihn besser stimulieren zu können.

»Oh Mann!«, raunte er, als meine Finger über die hitzige Erektion glitten und den Speichel verteilten. Ich hielt mich mit den Stößen ein wenig zurück, um seinem Schwanz die Chance zu geben, sich wieder voll aufzupumpen. Hätte ich nicht gedacht, dass das eher schmächtig wirkende Kerlchen doch ganz ordentlich bestückt war.

Schließlich fickte ich ihn im gleichen Rhythmus, wie ich ihn wichste. Zu meiner Begeisterung stöhnte er immer lauter.

»Oh-oh-oh Mann, ich-ich-ich komme …«, keuchte er. Kurz darauf spritzte sein Saft in drei unglaublichen Schüben gegen die Stuhllehne. Ich rammte ihn konstant weiter. Sein Schwanz pumpte in meiner Hand und jedes Mal, wenn ich ihn aufbockte, lief noch ein bisschen Sperma heraus. Verdammt, wie lange hatte der Junge nicht mehr gewichst? Bei den meisten Schwulen war nach ein paar Tröpfchen schon Schluss, weil sie sich ständig leerfickten. Das fand ich eher enttäuschend. Ahmeds endloses Abspritzen machte mich dagegen total geil. Ich ließ sein Bein wieder los und fasste ihn bei den Hüften. Dann gab ich Vollgas, trieb meinen Schwanz so schnell und gnadenlos in den kleinen Arsch, wie ich nur konnte. Ahmed schrie und stöhnte und keuchte. Aber mich spornte das nur um so mehr an. Meine Eier schlugen hart gegen den Damm. Ich spürte, wie sich mein Orgasmus anbahnte. Noch ein paar Stöße, dann platzte der Knoten endlich. Jetzt war ich derjenige, der laut aufschrie. Zuckend entlud ich mich. Meine Beine zitterten, mein Becken presste sich unkontrolliert an den Hintern.

»Woah!« Ahmed entzog sich mir langsam.

Mein Schwanz glitt aus ihm heraus und ich entfernte das gut gefüllte Kondom. »Verdammt, das war geil! Wie soll ich denn jetzt noch arbeiten?«

Er grinste mich an. »Na? Ist der Hengst platt?«

»Komm, du musstest doch ziemlich die Zähne zusammenbeißen, also halt den Mund!«

Ahmed erhob sich und baute sich vor mir auf. Ich hielt irritiert inne. Mit einem Mal nahm er meine Hand.

»Küsst du mich noch mal?«

Für normal stand ich nicht auf Zärtlichkeiten nach einem Quickie mit einem Fremden. Aber bei ihm war das irgendwie anders. Ich fand ihn plötzlich unglaublich süß. Wieso hatte ich das vorher nicht bemerkt?

»Klar.« Ich berührte seinen Mund sanft mit den Lippen. Unerwartet versanken wir in einen sinnlichen Kuss. Das war seltsam, so nach dem harten Sex – aber auch schön.

Dann grinste Ahmed mich an. »Jetzt kann ich es ja sagen …«

»Was?«

»Das war mein erstes Mal!«

Wie vom Donner gerührt sah ich ihn an. »Sag mal, bist du bescheuert?«

»Nein, entjungfert.« Er lachte.

»Warum …«

»Weil du dich sonst niemals darauf eingelassen hättest!«

Ich dachte daran, wie hart ich ihn rangenommen hatte. Und das beim ersten Mal! Eigentlich hätte ich es doch merken müssen! Aber mit einem Ständer in der Tasche ließ man sich wohl auch ganz gern provozieren. Verdammt, ich kam mir total ekelhaft vor.

»Verzeihst du mir?« Ahmed lächelte mich süß an.

»Ha! Du bist gut! Verzeihst du denn *mir*?«

»Warum? Es war geil!«

»Dein erstes Mal hätte anders aussehen können. Vielleicht mit jemanden, den du …«

»Ich wollte es aber so!«

Ich zögerte. Was brachte es, ihm jetzt Vorhaltungen zu machen? Es war ohnehin zu spät. »Na dann …«

Ahmed hüpfte in seine Hose, während ich mit einem Taschentuch das Sperma von Geromes Bürostuhl wischte.

»Du hast gefragt, warum ich auf dem Klo geheult habe. Willst du es wirklich wissen?«

Ich war mir nicht sicher, sagte aber: »Ja.«

»Ich bin zu Hause ausgezogen.«

»Aha? Konservative Eltern und Schwulsein und so?«

»Nein, meine Eltern sind recht locker. Aber ich komme mit meinen zwei Brüdern nicht klar.«

»Das ist Mist!« Ich räusperte mich.

Es war nicht durchdacht und ich fühlte mich auch nicht sonderlich gut bei dem Gedanken, trotzdem sagte ich: »Du kannst bei mir wohnen, wenn du willst.«

Ahmed sah mich überrascht an.

»Vorerst!«, fügte ich noch schnell hinzu.

»Danke!« Er sah richtig erleichtert aus. Zum ersten Mal, seit er die Bar betreten hatte, wirkte er entspannt. »Du brauchst auch keine Angst haben, dass ich durchdrehe oder so. Ich erwarte nicht, dass wir jetzt ein Liebespaar sind.«

Ich lachte. Die Erleichterung auf meiner Seite blieb allerdings aus. »Dafür, dass du gerade dein erstes Mal hattest, kennst du die schwulen Gepflogenheiten der Szene recht gut.«

»Oh, ich hoffe, du hast dir keine Hoffnungen gemacht. Du warst nur ein Lustobjekt.«

Wieder lachte ich, aber es fühlte sich nicht echt an. Ahmed war wirklich süß.

»Falls *du* dich in *mich* verknallt haben solltest, können wir ja noch mal über eine Beziehung reden. Ich bin ja grün hinter den Ohren, ich lass mich da bestimmt bequatschen.« Er grinste breit.

In zwei großen Schritten trat ich auf ihn zu und nahm ihn in die Arme. Der Kuss gab mir einen Vorgeschmack, auf das, was sein könnte. Komisch, plötzlich konnte ich es mir tatsächlich vorstellen …

FRÜHLINGSTREIBEN

Der Himmel strahlte blau. Ich sah nicht eine Wolke. Endlich setzte sich der Frühling durch und alles erwachte aus einem langen Winterschlaf. Die Leute verstauten ihre dicken Klamotten und kramten die Sommersachen hervor. Ich fand es geil, dass die Röcke jetzt wieder kürzer wurden und man mehr zu sehen bekam. Wenn die Temperaturen in den sommerlichen Bereich kletterten, gab es auch obenrum mehr zu gucken – nicht nur bei den Mädels.

Davon waren wir jedoch noch ein gutes Stück entfernt. Trotzdem begrüßten einige den Temperaturanstieg recht augenfreundlich. Das betraf zwar vornehmlich das weibliche Geschlecht, aber es kam vor, dass ich auch da gern mal einen Blick riskierte. Dennoch fühlte ich mich von körperbetonten Shirts mit freigelegten Armmuskeln eher angezogen. So manche knackig gefüllte Jeans sah von hinten sehr viel verführerischer aus, als ein kurzer Rock.

Ich selbst ließ mich von den Temperaturen allerdings nicht beeindrucken. Schwarze Jeans, ein dunkles Hemd, mein langer Ledermantel, das bot nicht gerade Sommerfrische. Mit dem Outfit kam ich problemlos in jeden Gothic-Laden. Aber ich liebte diesen Mantel und konnte mich einfach noch nicht von ihm trennen. Spätestens, wenn der Sommer erst einmal da war, würde ich ihn gegen leichtere Kleidung eintauschen müssen. Es tat mir jetzt schon leid.

Mein Blick fiel auf einen knapp bekleideten Frauenhintern. Sensationell, wie der wippte. Ich versank regelrecht in dem mitreißenden Rhythmus. Meine Augen umfassten den Arsch und kniffen hinein. Der dazugehörige Lockenkopf wandte sich plötzlich zu mir um, als hätte ich den Hintern tatsächlich berührt. Sie bemerkte sofort, was los war. Dann lächelte sie. Offenbar gefiel ich ihr trotz des düsteren Mantels.

Ich zwinkerte zurück. Okay, die Kleine war wirklich heiß! Ich verfolgte sie ein bisschen, um sie länger im Auge behalten zu können.

Was so ein Wetterumschwung doch mit uns machte! Jetzt lief ich schon flirtwilligen Mädels hinterher! Aber es war beruhigend, dass es nicht nur mir so ging. In ihrem Blick hatte eindeutig Frühlingslust gelegen. Ihr Pech, dass ich nicht wirklich drauf ansprang. Ich wartete lieber noch auf einen anderen Hintern.

Eine Weile beobachtete ich das Treiben auf dem Bahnsteig. Samstagnachmittag. Die Leute wirkten nicht ganz so gestresst wie sonst. Ich drehte mein Gesicht in die Sonne und ließ mir eine sanfte Brise um die Nase wehen. So könnte ich jetzt stundenlang stehenbleiben. Da wartete ich doch gern auf die Bahn. Die Anzeige teilte mal wieder zehn Minuten Verspätung mit. Das kümmerte mich nicht. So hatte ich wenigstens noch Zeit für eine Zigarette.

Ich kramte einen Glimmstängel hervor, schützte mit einer Hand die Flamme vor dem Wind und sog mehrmals kräftig am Filter. Dann blies ich zufrieden den Rauch aus.

Neben mir wedelte eine ältere Frau mit der Hand. Offenbar Nichtraucherin. Ich wollte schon ein paar Schritte zur Seite gehen, als sie mich abschätzend musterte. Ich sah ihr sofort an, dass sie nicht nur den Zigarettenrauch meinte. Wahrscheinlich gefiel ihr nicht, wie ich mich gegen die Laterne lehnte. Oder mein Outfit war ihr zu düster. Möglicherweise hatte sie auch den Sexhunger in meinem Blick bemerkt. Fehlte nur, dass sie kopfschüttelnd sagte, dass es sowas früher nicht gegeben hätte.

Ich grinste sie absichtlich frech an. Bevor sie reagieren konnte, schob sich aber jemand zwischen uns. Ich blickte plötzlich in die schönsten braunen Augen, die ich je gesehen hatte.

»Hast du Feuer?«, fragte der junge Mann.

Ich starrte ihn wie hypnotisiert an. Diese Rehaugen! Für einen Kerl ja eher untypisch. Vielleicht nahmen sie mich deshalb dermaßen gefangen, dass ich kein Wort herausbekam. Zu meiner Erleichterung trug ich aber noch das freche Grinsen, das eigentlich für die Frau aus dem letzten Jahrhundert gedacht war.

Ich nickte endlich. Umständlich zog ich mein Feuerzeug aus der Hose und hielt ihm die Flamme hin. Mein Blick glitt über die blonden Haare. Als er wieder aufsah, fiel mir sein ebenmäßig geschnittenes Gesicht auf. Fast wie das eines Engels. Mir lächelte der mit Sicherheit aufregendste Mund des Himmelreichs zu.

Mein Gegenüber zwinkerte. »Dank dir, Süßer!« Unerwartet streichelte er meine Wange, bevor er den Bahnsteig hinunterging.

Neben mir erklang ein verächtliches Schnauben. Ich bemerkte amüsiert, dass die Alte sich aufregte. Das schockierte Entsetzen und die offensichtliche Ablehnung in ihrem Gesicht spornten mich zu einem süffisanten Lächeln an. Demonstrativ warf ich dem Blonden einen lüsternen Blick hinterher und leckte mir über die Lippen.

Dieser Hintern! Ich ließ die Hexe links liegen, verfolgte stattdessen gebannt die ausgewaschene Jeans. Ich konnte die Augen keine Sekunde abwenden. Wie gern hätte ich den Arsch berührt. Ich stellte mir vor, wie es wäre, jetzt hineinzukneifen – oder noch ganz andere Dinge damit anzustellen …

»Geil …«, murmelte ich.

Neben mir vernahm ich sofort ein erneutes Keuchen. Widerwillig löste ich meine Aufmerksamkeit von dem Blonden und schaute die Alte an. Inzwischen war sie knallrot im Gesicht vor Entrüstung und wohl auch vor Scham. Sie funkelte mich an, als wollte sie mir ihren Krückstock über den Schädel ziehen.

»Haben sie den Hintern gesehen? Der blanke Wahnsinn!« Ich grinste.

»Unerhört!«, fauchte sie.

Ich nickte. »Da haben sie recht! Es ist unerhört, dass so etwas Geiles überhaupt in einer Hose steckt!«

Der Alten traten die Augen hervor. Ich fürchtete schon, dass sie jeden Moment in sich zusammensacken würde. Da fuhr aber endlich die Bahn ein und meine Aufmerksamkeit galt erneut dem schönen Hintern. Ich überlegte, ob ich zu ihm hingehen sollte, damit wir ein gemeinsames Abteil erwischten. Doch er schlenderte bereits wieder zurück, sodass wir denselben Waggon vor uns hatten. Als hätte er meine Gedanken erahnt!

Wir stiegen ein und ich suchte mir einen Platz. Mein heißer Engel blieb an der Tür stehen. Fast so, als wollte er mir zeigen, dass er jeden Augenblick wieder aussteigen könnte. Dann folgte ich seinem Blick. Er taxierte einen knappen Rock. Die Brünette wartete offenbar auf eine andere Bahn und starrte meinen Typen ungeniert an. Sie leckte sich die rot geschminkten Lippen und flirtete auffällig. Er lächelte eher uninteressiert zurück, was mich etwas erleichterte.

Die Türen schlossen sich und kurz darauf war das Mädchen aus dem Blickfeld verschwunden. Endlich sah er zu mir herüber. Ich freute mich, wieder seine uneingeschenkte Aufmerksamkeit zu haben. Die braunen Augen fixierten mich. Ein freches Grinsen legte sich über den Mund. Ich antwortete mit einem Lächeln meinerseits, das ihm hoffentlich sagte, wie sehr ich auf ihn stand. Ich wollte ihn – am liebsten sofort!

Sicherheitshalber sah ich mich um. Tatsächlich, da saß sie! Die Alte war ebenfalls eingestiegen und hatte mit zwei weiteren Exemplaren ihrer Gattung hinter mir Platz genommen.

Sie beobachtete uns scharf.

Der Blonde hob fragend die Augenbrauen. Ich leckte mir demonstrativ die Lippen und lächelte lasziv. Mein Gegenüber verstand mich wohl auf Anhieb. Er stieg prompt auf meine Provokation ein.

Mehrere Stationen lang trieben wir unser Spiel, aber die alten Herrschaften blieben halbwegs ruhig. Dann hielt ich es nicht mehr aus, ich musste einfach auf den Fremden zugehen.

»Hey.« Ich hauchte eher, als dass ich etwas sagte.

Der Blonde grinste. »Na, das hat aber gedauert, bis du mal deinen süßen Arsch hochkriegst!«

»Ich bin schüchtern.« Ich sah an seiner Reaktion, dass ich mit dieser Lüge nicht durchkam. Also lächelte ich möglichst entwaffnend.

»Ich hatte schon Angst, du möchtest dich lieber an die Alte da ranmachen!«

»Äh – eigentlich nicht. Wenn *du* es bei ihr versuchen willst, ich steh dir da nicht im Weg.«

Mein Gegenüber zuckte lässig mit den Schultern. »Na ja, sie hat wirklich einen feurigen Blick drauf – und eine erotische Gesichtsfarbe. Aber ich weiß nicht. Da gibt's noch jemanden, auf den ich ein Auge geworfen habe.« Er taxierte mich von oben bis unten, wobei er sich recht lange an meinem Schritt aufhielt. »Puh, gar nicht so leicht, aber es könnte sein, dass du knapp das Rennen machst.« Er grinste breit. »Ich bin übrigens Matt.«

»Dean.« Ich reichte ihm die Hand und vergaß seine Frechheit.

»Geben wir uns nur die Hand oder küssen wir uns lieber?«

Ich überlegte kurz. »Na ja, du könntest mir deine Hand geben, damit ich dich herziehen kann, um dich zu küssen.«

Matt lachte. »Wollen wir den Herzinfarkt unserer lieben Freundin da wirklich riskieren?«

»Also ich persönlich würde den Verlust ja als hinnehmbar bezeichnen!« Entschlossen griff ich seinen Arm und zog ihn an mich. Unsere Münder berührten sich und ein entsetztes Luftschnappen war zu hören. Wir grinsten in den Kuss hinein, vertieften ihn dann aber.

Matt leckte mit seiner Zunge über meine Lippen, die sich nur zu bereitwillig öffneten. Ich schob meine Hände in die blonden Haare, hielt seinen Kopf. Nur entfernt hörte ich das aufgeregte Getuschel, das allmählich zu einem unterdrückten Geschimpfe anwuchs. Offenbar war man sich nicht sicher, ob man tatsächlich laut protestieren und damit mehr Menschen auf ein schwules Paar aufmerksam machen sollte. Ja, das musste schon unangenehm sein, wenn man gefühlsmäßig noch im Mittelalter steckte. Es verwunderte mich jedenfalls nicht, dass die Alte Verstärkung in dem ebenfalls in die Jahre gekommenen Paar fand.

Herausfordernd öffneten Matt und ich den Kuss und spielten sichtbar mit den Zungen. Wir stupsten ihre Spitzen aneinander, kämpften neckisch und verschmolzen schließlich wieder. Das war zu viel für die Herrschaften. Geschlossen bauten sie sich vor uns auf. Die Hexe klopfte mit ihrem Gehstock gegen unsere Beine.

»Ja bitte?« Wenn Matt genervt war, ließ er es sich nicht anmerken. »Wenn Sie auch wollen, bitte hinten anstellen – und ein wenig Zeit mitbringen.« Er wollte mich erneut küssen, aber ich konnte mir das Lachen nicht verkneifen.

»Könnten Sie das bitte lassen? Hier so öffentlich in der Bahn, wo auch Kinder zusehen können!« Die Alte klopfte wieder mit ihrem Stock.

»Na, die Kinder haben sich noch nicht beschwert«, sagte Matt. »Außerdem sehe ich nur alte Krücken, die sich aufgeilen. So eine Knutscherei macht Sie richtig an, was? Schön den Mund zulassen, sonst fällt das Gebiss raus.«

»Das ist eine Unverschämtheit!«, schimpfte die Alte und die beiden Rentner stimmten mit ein: »Absolute Frechheit!«

»Früher hatten wir für so etwas eine einfache Lösung!«, rief der alte Mann.

Matt wollte schon in Kampfposition gehen, aber ich hielt ihn zurück. »Was ist los? Haben Sie etwa vergessen, wie es ist, jung zu sein? Und hey, wir haben Frühling!«

»Aber nicht zwischen Männern! Das ist doch krank!« Der Alte genoss die Zustimmung der beiden Frauen.

»Krank ist es eher, wenn man sich mehr um andere kümmert, als um sich selbst. Vielleicht sollten Sie und ihre Frau mal wieder das Ehebett wackeln lassen, dann müssten Sie auch nicht frustriert durch die Gegend blöken.«

Die drei Rentner schnappten entrüstet nach Luft.

»Na los, wann haben sie ihre Frau das letzte Mal gevögelt? Ist sicher schon ewig her. Nehmen Sie Madame *Ach-wie-schlimm* am besten gleich mit, die hat einen ordentlichen Frustabbau ebenfalls bitter nötig. Ein flotter Dreier wirkt da wahre Wunder. Mal ehrlich, so von Mann zu Mann, da träumen wir doch alle von, oder?«

Der Rentner lief puterrot an. Damit war er erst mal verbal ausgeschaltet. Das galt allerdings nicht für die beiden Vetteln, die uns nun lautstark aufforderten, die Bahn zu verlassen.

Matt wollte schon etwas erwidern, aber ich hielt ihn zurück. Ich bemerkte, dass er langsam wirklich böse wurde. Zum Glück mischten sich in diesem Moment noch andere Fahrgäste in den Disput ein.

»Lassen sie doch die Jungs in Ruhe!«, sagte eine Frau mit Baby auf dem Arm. »Hat Ihnen keiner was getan!«

Ein Mann um die vierzig pflichtete ihr bei: »Warum steigen Sie nicht selbst aus? Dann hätten alle anderen ihre Ruhe.«

»Baiem Kerl unn oam Mädsche deen Sie aa nix soache«, empörte sich eine Brünette mit rosa Kaugummi im Mundwinkel und zahllosen bunten Schleifchen im Haar.

Bei so viel Gegenwind gaben die Alten sich geschlagen und zogen sich mit wütenden Blicken zurück. Bevor Matt etwas sagen konnte, was den Streit möglicherweise wieder entfachte, zog ich ihn an mich und machte da weiter, wo wir aufgehört hatten. Diesmal weniger provokant, aber dennoch eine Spur leidenschaftlicher. Matt rieb sich an mich und ließ sogar seine Hände auf meinen Hintern gleiten. Sanft knetete er mich. Ich seufzte wohlig. Himmel, das war fantastisch und ich wollte gern weitermachen, aber dafür war hier nun wirklich nicht der richtige Ort.

»Lass uns aussteigen!«, murmelte ich.

»Warum?«

»Ich will dich und ich befürchte, das würden wir hier nicht überleben. Die spitzen gleich ihre Krücken an!« Ich nickte zu den Alten hinüber. »Ob wir dann noch mit Hilfe rechnen können, wenn wir erst mal einen Pornoauftritt hinlegen?«

Matt lachte. »Ja, du hast recht. Die gucken, als würden sie sich jeden Moment in Zombies verwandeln. Dabei sind sie insgeheim nur scharf auf diesen geilen Arsch.« Er griff fest zu.

»Oh bitte nicht! Bei den Geiern wären mir Zombies doch noch lieber …«

»Die hätten es aber ebenfalls auf deinen Hintern abgesehen, nur halt anders, als ich gerade. Obwohl – reinbeißen würde ich da auch gern mal.«

»Na, bei dir könnt ich mir das gerade noch vorstellen.«

»Ich beiß ganz zärtlich und danach … Vertrau mir, ich weiß genau, was dein Knackarsch braucht!« Er kniff mich.

Endlich fuhr der Zug in den Bahnhof ein. Höflich winkend verließen wir die drei Alten mit ihren verkniffenen Gesichtern. Matt schien es richtig eilig zu haben, denn er zog mich wie ein Verrückter durch die Menschenmassen. Als er kurz hielt, küssten wir uns. Erst zart, dann immer leidenschaftlicher. Schließlich stöhnte Matt auf und zerrte mich weiter. Zumindest hier störte sich niemand daran, dass wir schwul waren. Vielleicht liefen wir aber auch nur zu schnell.

Matt dirigierte mich geschickt nach draußen und blieb plötzlich stehen. Offenbar hatte er keine Idee, wo wir hinsollten. Unschlüssig standen wir auf dem Bahnhofsvorplatz zwischen all den Menschen und blickten uns in die Augen. Ich wusste, dass wir beide den gleichen sehnsüchtigen Blick hatten. Immer wieder leckte er sich über die Lippen, die mich so magisch anzogen. Ich konnte einfach nicht anders, als sie ständig zu küssen. Energisch zog ich ihn an mich. Wir waren vollkommen in den Kuss versunken, als eine piepsige Stimme unser Treiben unterbrach.

»Mami, warum küssen die sich?« Ich schaute zur Seite auf ein etwa fünfjähriges Mädchen, das uns mit großen Augen anstarrte.

Matt lächelte »Weil wir uns lieben. Du gibst deiner Mama ja auch einen Kuss, weil du sie liebst, oder?«

»Stimmt«, sagte die Kleine, »aber ihr seid doch Männer!«

»Ist gut jetzt, Marie, komm!« Die junge Mutter lächelte gezwungen.

»Auch Männer können sich lieben«, erklärte Matt.

»Ach so.« Die Kleine grinste breit und wurde rot.

»Marie!«, rief die Mutter. Das Mädchen rannte schnell hinterher.

Matt lächelte und zog mich vorwärts.

»Man könnte meinen, du hast es eilig.«

Matt zwinkerte mir zu. »Na ja, wenn ich dich so betrachte, bekomme ich ehrlich gesagt Platzprobleme in der Hose.«

»Dabei ist noch gar nicht viel passiert …«

»Hier lang!« Matt lief weiter.

»Warte mal!« Ich blieb stehen.

»Was ist?«

»Du bekommst Platzprobleme? Das muss ich kurz überprüfen!« Ich zog Matt an mich, verwickelte ihn in einen heftigen Kuss und presste mein Becken gegen seins. Tatsächlich beulte es sich da ganz ordentlich. Allerdings nicht nur bei ihm. Ich rieb mich aufreizend an ihn und Matt stöhnte in den Kuss hinein. Dann drängte er mich weg.

»Das solltest du lassen!«, keuchte er erregt.

»Warum? Es macht mich total an, wenn du so geil bist!« Ich küsste ihn atemlos.

»Ist ja nicht so, dass ich nicht will, aber hier ist es echt ungünstig.« Matt löste sich von mir und trat einen Schritt zurück. »Oh Mann, du bist der Hammer!«

Ich grinste breit. Er kam tatsächlich noch mal zu mir, um mir einen letzten Kuss zu geben. Dann nahm er wieder meine Hand und führte mich die Straße hinunter. Bald schon liefen wir so schnell wie vorhin. Als ob er plötzlich genau wüsste, wo er mit mir hinwollte.

Ein paar Minuten später zerrte er mich nach rechts zwischen zwei Wohnhäuser. Ich sah mich überrascht um. Wir befanden uns in einer dunklen Gasse, an deren Anfang ein großer Metallcontainer stand. Dahinter säumten schwarze Mülltonnen die Wände. Es war düster und schmutzig.

»Hier?« Ich hob die Augenbrauen.

Matt drückte mich hinter den Tonnen an die Wand. »Willst du vögeln oder dich heimisch einrichten?«

Er wartete meine Antwort erst gar nicht ab und öffnete kurzerhand meine Hose. »Gott, du bist so geil!«

Ich schloss die Augen, als ich seine Lippen an meinem Hals spürte. Ich legte den Kopf in den Nacken und wühlte meine Hände in das seidige Haar. Dann schob er mir den Mantel von den Schultern. Viel zu langsam knöpfte er mein Hemd auf. Der Gedanke, mich über meinen Lieblingsmantel auf dem dreckigen Boden zu beschweren, verpuffte in dem Moment, als seine Zunge um meine linke Brustwarze kreiste. Plötzlich war mir alles egal, ich wollte nur noch eine geile Nummer schieben. Ich wollte nicht weniger, als den besten Sex meines bisherigen Lebens. Was war da schon ein Mantel?

Ich stand mit dem Rücken an die dreckige Wand gepresst. Matt küsste sich Stück für Stück abwärts. Seine Zungenspitze kitzelte. Sie hinterließ eine feuchte Spur auf meinem Oberkörper, die in meinem Bauchnabel endete. Dann knöpfte er endlich meine Hose auf, während er noch immer mit meinem Nabel spielte. Ich stöhnte und griff fester in das Haar. Am liebsten hätte ich die Sache beschleunigt und ihm jetzt sofort meinen …

Plötzlich richtete sich Matt auf. Ich wollte mich schon beschweren, als ich den lüsternen Blick sah.

»Sag, dass du mich willst!« Seine Hände schoben sich an meinen Flanken vorbei in die Hose. Erneut massierte er meinen Hintern, diesmal ohne Stoff dazwischen.

»Scheiße, jaah! Und wie ich dich will!«

Ich zog Matt an mich, um ihn stürmisch zu küssen – gierig, zügellos und wild. Ich genoss die Hände auf meinen Arschbacken. Immer wieder drückte ich ihm meine Beule entgegen. Aber er reagierte nicht, er wollte mich einfach nicht erlösen. Also befreite ich mich von ihm und warf ihn leidenschaftlich gegen die Wand.

»Hey …«

»Soll ich dir einen blasen?« Ich zog ihm ungeduldig die Jeansjacke aus. Achtlos landete sie auf meinem Mantel.

»Jaah«, hauchte Matt.

Eilig zog ich ihm das Shirt aus und machte mich über den vollkommenen Oberkörper her. Ich küsste die Muskeln an den Oberarmen, schmeckte die leicht salzige Haut auf meinem Weg zu den Brustwarzen. Ich leckte und knabberte an ihnen herum, bevor ich mich langsam nach unten vorarbeitete.

Matt seufzte. Seine Beine zitterten. Offenbar war er genauso erregt wie ich und wartete gierig darauf, dass ich seinen Schwanz herausholte.

»Na, gefällt dir das?«

Matt nickte zur Antwort. Dann beugte er sich zu mir herunter, um mir einen kurzen aber feuchten Kuss zu geben. Danach richtete er sich auf und sah mich an, als wollte er mir sagen, dass es losgehen konnte.

Ich streichelte mit den Fingerspitzen sanft die Haut oberhalb des Hosenbundes, während ich gemütlich den Bauchnabel erforschte. Ich ließ mir Zeit. Mal sehen, wann es ihm selbst zu viel wurde.

Zwischendurch sah ich zu ihm auf. In Matts Blicken lag Ungeduld und eine umwerfende Geilheit. Mit einer provozierenden Ruhe öffnete ich einen Jeansknopf nach dem anderen. Dabei strich ich immer wieder wie zufällig über die Beule.

»Oh Mann … Du bist echt fies!«

»Und wer hat damit angefangen?«

Ich tat so, als wollte ich endlich seinen Schwanz befreien, küsste dann allerdings doch weiter den Bauchnabel. Ich sog den aufregenden Duft ein, während meine Finger sich startbereit um den Bund der Shorts legten. Ich konnte jeden Moment den Stoff beiseite ziehen, tat es aber nicht.

Matt wurde ganz zappelig. »Nun mach schon!« Er schob die Hose selbst hinunter. »Ich hab's verstanden, ich mach es nie wieder, entschuldige und jetzt blas!« Auffordernd reckte er mir seinen Schwanz entgegen, bevor er verzweifelt anfügte: »Bitte!«

»Na, wer wird denn da so ungeduldig sein?« Ich zog die Augenbrauen hoch, mein Mund nur Zentimeter von der pulsierenden Schwanzspitze entfernt.

»Aaah!« Matt zerrte mich energisch auf die Beine. Ruppig schubste er mich gegen die Wand und ging vor mir in die Knie. »Los, aufmachen!«

Ich kam dem Befehl nur zu gern nach. Matt zog mir die Jeans auf die Schuhe und rieb sofort die Shorts, die sich über meinen steifen Penis spannte. Das trieb er wieder viel zu lang.

»Ich warne dich!«

Augenblicklich sauste der Stoff nach unten und mein Schwanz war frei. Dann spürte ich seine Hand. Ich seufzte unter den massierenden Bewegungen. Seine Zunge aber beschäftigte sich lieber mit meinem Bauchnabel.

»Muss ich etwa noch mal drohen?« Meine Stimme zitterte vor Erregung.

Er warf mir einen schelmischen Blick zu. »Nein, Sir.« Dann nahm er meinen Schwanz endlich in den Mund. Die feuchte Hitze, die mich plötzlich umfing, benebelte meine Sinne. Sofort wanderte ein Kribbeln durch meinen Körper. »Oh Mann … Hilfe!«

Das Gefühl war nach all der Warterei unglaublich. Doch ich spürte noch etwas anderes … Aus einer Eingebung heraus sah ich zur Straße. Mein Herz setzte kurz aus. Da stand jemand! Einen Sekundenbruchteil später registrierte ich, dass es nicht irgendwer war, sondern Juan, der Barkeeper. Ich sah ihm an, dass auch er erschrocken war. Aber er blieb stehen. Ich grinste. Der Spanner hatte seine Stange in der Hand und wichste sich einen auf uns. Na, wenn das kein Kompliment war. Ich zwinkerte ihm zu.

Ich betrachtete Juan eine Weile, während Matt immer wieder die Zunge um meine empfindliche Spitze kreisen ließ. Das war für mich das Geilste beim Blasen. Irgendwann schloss ich einfach die Augen und vergaß den spannenden Barkeeper.

Nach ein paar Minuten stand Matt auf. »Na los, ich bin dran!«, sagte er bestimmt und nahm meinen Platz ein.

Seine Hände drückten mich in die Knie. Ich war mir bewusst, dass Juan nun meinen nackten Arsch sehen konnte. Wie es wohl wäre, wenn er jetzt herüberkäme? Er würde mir ungefragt sein Ding reinschieben und drauflosficken. Einfach so. Aber da sich der Latino bislang nicht aus der Deckung getraut hatte, würde er es nun sicherlich auch nicht tun.

Ich konzentrierte mich auf Matt. Der streckte mir aufgeregt den Schwanz entgegen und stieß zielsicher gegen meinen Mund. Schluss mit der Hinhaltetaktik! Ich leckte gehorsam die gesamte Länge hinauf, was Matt ein Stöhnen entlockte. Dann stülpte ich meine Lippen über die Eichel und ließ meine Zunge kreisen. Er schmeckte aufregend nach Vorsaft. Gierig nahm ich ihn komplett auf und bediente ihn nach allen Regeln der Kunst. Als sein Seufzen lauter wurde, schob er mich schließlich weg und zog mich wieder auf die Beine.

»Komm her!« Er drückte mich an sich und flüsterte mir ins Ohr. »Wenn du mir danach noch einen bläst, lass ich mich ficken.«

Schwer atmend sah ich ihn an. Er grinste dreckig. Ich drehte ihn mit dem Gesicht zur Wand und stellte mich dicht hinter ihn. Mein Schwanz rieb zwischen seinen Arschbacken. Bevor ich aber etwas machen konnte, zog Matt meine rechte Hand zu sich nach vorn. Ich spürte Lippen über meine Handfläche küssen, dann seine Zunge an meinen Fingern. Ich zitterte, als er meinen Zeige- und Mittelfinger in den Mund nahm. Verdammt, ich hielt es nicht mehr aus! Ungeduldig zog ich meine Hand zurück und ließ die feuchten Finger in Matts Ritze gleiten. Ich verteilte den Speichel auf der Rosette, bevor ich mich langsam vorwagte. Aufstöhnend legte Matt den Kopf in den Nacken. Ich hätte ihn am liebsten sofort gefickt, aber ich dachte an unser Hinhaltespielchen und fingerte weiter. Geduldig vor und zurück. Dabei sah ich immer mal wieder zu Juan hinüber. Extra für ihn rieb ich mir meine Latte. Das begeisterte ihn offenbar, denn er trat nun ganz neben den Container und wichste ungehemmt.

Nach einer Weile hielt Matt es nicht mehr aus. Bestimmt schubste er meinen Arm weg. »Lass das! Nimm mich endlich richtig, verdammt!«

Ich grinste. »Gern doch!«

Matt bückte sich und fummelte an seiner Jeans. Ich musste die Augen zusammenkneifen, damit mich der Anblick nicht durchdrehen ließ.

»Was machst du da?«, fragte Matt irritiert.

»Ich schau nicht hin. Ich will dich nicht ausversehen knallen, bevor du mir das Gummi gibst …«

Matt reichte mir lachend das Kondom. So schnell hatte ich mir noch nie einen Präser übergezogen. Dann griff ich Matts Hüften und drang langsam ein. Ich ermahnte mich, nicht zu schwungvoll zu sein. Schön in Ruhe, damit Matt Zeit hatte, sich an mich zu gewöhnen. Das verzögerte Tempo allerdings quälte mich unglaublich. Als ich endlich ganz drin war, musste ich wieder warten. Innerlich zählte ich einen Countdown, um nur ja nicht zu hektisch vorzugehen. Bevor ich mich bewegte, fasste ich ihm zwischen die Beine. Ich massierte seine Latte in den gleichen kleinen Bewegungen, wie ich ihn fickte. Erst ziemlich sanft, dann etwas mutiger. Als ich spürte, dass Matt sich mir willig entgegenschob, steigerte ich meinen Rhythmus und stieß ihn immer härter.

»Jaah … Oh Gott!« Seine Hände glitten verzweifelt über die raue Wand, auf der Suche, sich irgendwo festzuhalten.

Ich wichste Matt jetzt kräftig, während ich mich wuchtig in ihn stieß. Es dauerte einen Moment, bis ich bei diesem Tempo den Dreh raushatte und ihn gleichmäßig von beiden Seiten bearbeitete.

»Oh Mann … Das ist – geil!«, keuchte er. Sein hemmungsloses Stöhnen hallte zwischen den Hauswänden hin und her. Dann konnte Matt es offenbar nicht mehr zurückhalten. Mit einem Lustschrei spritzte er ab und sein Schließmuskel massierte meine Latte zusätzlich.

Ich hatte keine Chance, mich darauf einzustellen. Der Orgasmus kam so überraschend und gewaltig, dass ich vollkommen angespannt innehielt – meinen Schwanz steinhart nach vorn gestreckt, eng umschlossen durch die krampfenden Kontraktionen von Matts Höhepunkt. Ich stöhnte laut auf und ergoss mich mit einem blitzenden Feuerwerk vor Augen. Dann ließ ich den Kopf sinken, verlor fast das Gleichgewicht und hielt mich an Matt fest.

Erst nach einer ganzen Weile kam ich wieder zu mir. Ich beugte mich vor und küsste Matts Schultern.

Ich war nicht überrascht, dass Juan seinen Beobachtungsposten aufgegeben hatte. Wahrscheinlich war er irgendwann während des Ficks zum Höhepunkt gekommen und hatte eingepackt.

* * *

Ich hob den Mantel auf, klopfte den Dreck ab und warf meinem Freund einen fragenden Blick zu. »Matt?«

Fabian grinste. »Ja, was ist daran verkehrt?«

»Nichts. Passt nur nicht zu dir.« Ich schloss meine Hose und sah ihn kopfschüttelnd an. »Das klingt nach diesem Schauspieler. Okay, der sieht auch nicht schlecht aus, aber du bist viel schöner.«

»Du würdest Matt Damon stehenlassen für mich?«

»Okay, also wenn Matt Damon drauf stehen würde, dann wäre natürlich ein nettes Abenteuer zu dritt perfekt.«

»Du bist unglaublich!« Fabian schüttelte den Kopf. »Ich wusste gar nicht, dass du auf Matt stehst.«

»Und auf Dreier.«

»Na, das hab ich mir schon gedacht.«

»Wenn's nicht der Schauspieler ist, an welchen Matt hast du denn gedacht?«

Ein Grinsen zog sich über sein Gesicht. »Ich find einfach nur den Namen toll.«

»Das kannst du Matt Damon erzählen, der glaubt das bestimmt!«

Ich überlegte kurz, bis ich auf die Lösung kam. »Aah! Jetzt weiß ich, an wen du gedacht hast!« Ich lachte. »Du hast ein Auge auf den Neuen bei dir auf der Arbeit geworfen. Da ist doch ein Matt gerade bei euch, oder nicht?«

Fabian nickte.

»Ist der nicht Azubi?«

Wieder lächelte er verschmitzt.

»Hey, der Junge ist doch ist doch bestimmt nicht mal volljährig! Außerdem betreust du ihn als Azubi. Du darfst deine Schützlinge nicht vernaschen, mein Schatz!«

»Ja, leider ...« Fabian seufzte und zog die Jeansjacke an. »Wie kommst du auf Dean? Du musstest doch wohl nicht an deinen Chef denken?«

»Nein! Einer von uns beiden reicht, der sich seine Fantasien fürs Vögeln aus der Arbeitswelt holt.«

»Dann hast du an Dean Martin gedacht?«

»Ähm, du weißt, dass der schon tot ist?«

»Sonst fällt mir gerade keiner ein.«

»Muss auch nicht. Ich fand tatsächlich nur den Namen gut.«

Ich besah meinen Mantel kritisch und entdeckte tatsächlich eine Stelle, an der das Leder angeschrammt war. »Schau, was du mit meinem Mantel gemacht hast!«

»Tut mir leid. Bei der nächsten Runde bestimmst du wieder, wo wir es treiben, okay?« Er sah mich schuldbewusst an.

Ich konnte bei diesem Gesicht nicht wirklich böse sein. Erst recht nicht, wenn mir schon eine Idee für unser nächstes Mal vorschwebte. Ich grinste.

»Oh nein! Was hast du vor?« Fabian kannte den Gesichtsausdruck.

»Na ja«, sagte ich und nahm seine Hand, »die Sache mit dem Dreier ist ja noch nicht vom Tisch.«

»An wen denkst du?«

»Wir sollten uns vielleicht mal ein wenig um Juan bemühen ...«

Er lachte. »Bemühen? Den haben wir in der Tasche!«

Zufrieden schlenderte ich mit meinem Freund an der Hand zurück zur Straße. Sein verklärtes Lächeln drückte genau das aus, was ich beim Gedanken an den süßen Barkeeper fühlte.

»Übrigens«, sagte er, »das mit dem Blasen gilt noch, auch wenn ich jetzt schon gekommen bin. Bis wir zu Hause sind bin ich wieder fit ...«

VERFOLGUNGSJAGD

Ich klickte die Seite mit den knackigen Boys weg, als ich die Wohnungstür hörte. Mir war ohnehin nicht danach, mir einen runterzuholen. Unglaublich, ich hatte endlich mal einen Tag frei und langweilte mich. Wenigstens kam Ahmed nach Hause. In den letzten Wochen hatte ich mich ziemlich an ihn gewöhnt und irgendwie führten wir unausgesprochen so etwas wie eine Beziehung. Zumindest fühlte es sich so an.

»Hi Schatz!« Er wusste, dass er mich damit ärgern konnte.

»Hallo Arschloch!«, antwortete ich standesgemäß.

»Sind wir heute leicht analfixiert?« Ahmed kam schnaufend mit zwei großen Einkaufstüten herein.

»Gab's Rabattmarken für den türkischen Basar?«

Er stellte die Einkäufe auf den Esstisch und wischte sich über die Stirn. »Verdammt warm geworden.«

»So-so, warm also …«

»Sag mal, hast du irgendwie Druck oder willst du mich nur nerven?«

Ich musste lachen. »Druck? Nach der letzten Nacht wohl kaum.«

»Würde mich auch wundern. Wenn du ficken willst, brauchst nur sagen und ich mach die Beine breit.« Er zog frech die Augenbrauen hoch.

»Wie vulgär …«

»Aber scheint dir zu gefallen, oder?«

»Joah.« In der Tat konnte ich mich nicht beklagen. Seit Ahmed bei mir eingezogen war, lebte ich in der geilsten Zweier-WG der Welt. Bislang war kein Tag vergangen, an dem ich nicht mein bestes Stück eingelocht hätte. Ahmed stand geradezu darauf, von mir gefickt zu werden. Meist lief es exakt so ab wie jetzt: Wir trafen zu Hause aufeinander, tauschten ein paar flapsige Sprüche aus, bis wir schließlich eine Nummer schoben oder auch zwei. Auch heute hatte ich eigentlich nichts dagegen einzuwenden.

»Und? Willst du mich?« Ahmed reckte den Hintern zu mir, während er die Milch in den Kühlschrank stellte.

»Kann es sein, dass *du* derjenige bist, der es ziemlich nötig hat?«

»Frühling, Schatzi.«

»Kein Grund, gleich so plump zu sein. Ich will verführt werden!«

»Seit wann?«

Ich antwortete nicht. Plötzlich fühlte sich das alles gar nicht mehr so spaßig an. Mein Schwanz gab zwar die Zeltstange, aber wie vor ein paar Minuten mit den Jungs im Netz, hatte ich keine rechte Lust. Meine Antenne sprang lediglich gewohnheitsmäßig an. Jetzt mit Ahmed zu poppen, kam mir vor wie eine Achterbahnfahrt, wenn einem eh schon schlecht war. Es machte die Sache einfach nicht besser. Und dieses *Schatzi* nervte mich total.

»Was ist?« Er kam auf mich zu.

»Nichts.«

»Hab ich was falsch gemacht?«

»Nein, du bist perfekt.« Ich küsste ihn, allerdings ohne Zunge.

Er sah mich irritiert an. »Du hast doch irgendwas …«

»Ich muss mal eine Runde an die frische Luft.«

»Ja, hol dir eine Portion Frühling ab, dann bist du auch nicht mehr so … Na ja, du weißt schon. Aber nur gucken! Gegessen wird zu Hause!« Er lachte laut und schlug sich keck auf den Hintern.

Gerade diese verspielte Art fand ich eigentlich toll an ihm. Irgendwie konnte ich allerdings nicht dagegen an, seine scherzhafte Anspielung ernst zu nehmen. Ich wollte keine feste Beziehung. Zumindest nicht so. Bei dem Gedanken spürte ich meinen Hals enger werden.

»Oder sag mir, wie du es willst.« Er legte seine Hand in meinen Nacken, um mich an sich zu ziehen. »Vielleicht ist es an der Zeit, ein paar neue Sachen auszuprobieren? Irgendwelche schmutzigen Fantasien, die du mir bislang noch nicht gebeichtet hast?«

Ich löste mich von ihm. »Entschuldige, ich bin nicht gut drauf. Wir lassen das heute einfach mal. Zu viel ist auch nicht gut.«

»Sagt der Mann mit der Monsterlatte.« Er schaute mich besorgt an, dann schüttelte er den Kopf. »Ich würd mir aber für draußen 'ne andere Hose anziehen.«

Wortlos ging ich ins Schlafzimmer und zog mich um. Ich erwartete, dass Ahmed mir folgte, doch er hielt sich zurück. Überhaupt war er normalerweise sehr zurückhaltend. Fast so, als ob er längst ahnte, dass er mich mit zu viel Nähe auf Abstand bringen würde. Heute allerdings hatte unter den scherzhaften Anspielungen eindeutig die Frage nach einer echten Beziehung gelauert, oder nicht? Ich konnte es ihm nicht mal übelnehmen, denn immerhin verhielten wir uns ja genau so. Nur dass wir bislang nicht drüber sprachen. Irgendwann mussten die Tatsachen jedoch mal beim Namen genannt werden. Ich sollte mich entscheiden: entweder keine Beziehung und Freiheit oder das angenehme Leben der vergangenen Wochen mit einer Beziehungsfußfessel. Wenn es so weiterging, ließ sich diese über kurz oder lang wohl nicht vermeiden. Waren wir wirklich ein Paar? Darüber musste ich mir dringend klar werden. Nie wieder Sex mit anderen? Hatte mir in der letzten Zeit doch auch nicht gefehlt. Die Vorstellung allerdings, nie wieder locker drauflosvögeln zu dürfen, schockierte mich. Ich war erst neunundzwanzig. Ahmed achtzehn! In dem Alter wollte man sich doch noch austoben, oder etwa nicht?

Noch im Gehen knöpfte ich mein Hemd zu und war auch schon aus der Wohnungstür raus. Sofort hatte ich ein schlechtes Gewissen, dass ich mich nicht verabschiedet hatte und Ahmed allein in der Küche hantieren ließ. Aber genau das war es, was ich eben nicht wollte: Rechenschaft ablegen müssen. Ich brauchte mein eigenes Leben und ich konnte mir nicht vorstellen, dass Ahmed in seinem Alter diese Freiheit nicht ebenso auskosten wollte. Das konnte ich dem Jungen doch nicht antun! Was war, wenn er jetzt mit mir eine Beziehung einging und in zehn Jahren feststellte, dass er seine Jugend überhaupt nicht genossen hatte?

Draußen auf der Straße begegnete ich einem feschen Typ und sah ihm hinterher. Heißes Kerlchen. Da dämmerte mir, dass eigentlich *ich* derjenige war, der sich nicht mit Verpflichtungen abfinden wollte. Mit Ahmed hatte das nichts zu tun. Ihn brauchte ich nicht vor den Zwängen einer monogamen Beziehung schützen. Es ging allein um mich. War ich denn so ein geiler Bock? Sex war super, keine Frage. Mit Ahmed vermisste ich andere Sexpartner auch nicht. Dafür war er einfach zu scharf. Aber das lief nur so lange problemlos, wie es freiwillig war. Ich wollte mir keine Gedanken machen müssen, wie er sich wohl dabei fühlte, wenn ich jetzt dem heißen Kerl nachstieg. Ich wollte jederzeit mit jedem vögeln können – ohne schlechtes Gewissen. Das funktionierte in einer Liebesbeziehung nun mal nicht.

Ich dachte an die beiden Typen aus der Bar, die sich nur zum Schein an andere Kerle heranmachten, die ihnen gefielen. Michael aus dem Club hatte mir erzählt, dass sie öfter Rollen spielten, um ihr Sexleben interessanter zu gestalten. Sie lebten in einer monogamen Beziehung und trieben es angeblich nie mit anderen. Sicherlich gab es genügend Schwule, für die das mit der ewigen Treue auch klappte und okay war. Wenn man sich jedoch schon solche Spielchen erfinden musste, damit es in der Kiste gut lief, dann stimmte da was nicht. Jedenfalls war es nicht normal, irgendwelchen Kerlen Hoffnungen zu machen, um den eigenen Ehebetrieb aufzupeppen. Eine Liebesbeziehung stellte immer eine Einengung der eigenen Interessen zugunsten der Wünsche des anderen dar. Man entschied nicht mehr für sich allein. Wenn das nicht hundertprozentig passte, wurde es wohl oder übel kompliziert. Ich hatte keine Lust, mich irgendwann mit Ahmed zu verabreden und so zu tun, als hätten wir uns noch nie gesehen. Ich wollte auch nicht nur mit anderen flirten, um danach beim Fick mit meinem festen Partner besser abzugehen. Das war verlogen und unfair gegenüber allen Beteiligten. Wenn ich Bock auf was Frisches hatte, dann wollte ich jederzeit zulangen können. Kein Tofu, ich brauchte Fleisch!

Ich verlor den geilen Hintern aus den Augen. Mist! Zu viel gegrübelt, zu wenig aufgepasst. Ich stieg wahllos in eine Straßenbahn ein. Ab und an kam jemand Nettes dazu, aber ich erkannte schnell, dass niemand für mein Team spielte. Zehn Minuten später sah ich mich am Hauptbahnhof um. Ahmed hatte Recht, der Frühling war im Anmarsch und damit gab es auch wieder mehr zu sehen. Gerade kamen ein paar halbstarke Jungs aus dem Hauptgebäude und alberten miteinander herum. Sie trugen lediglich T-Shirts. Ich war regelrecht vernarrt in ihre Oberarme. Gucken war ja erlaubt, fiel es mir ein. Sofort kreisten meine Gedanken erneut um Ahmed. Verdammt, wir waren nicht mal offiziell zusammen und doch fühlte ich mich eingeengt.

»Ey, was glotzt du?« Einer der Jungs breitete provozierend die Arme aus und reckte prollig das Kinn vor.

Was für ein Schwachkopf!

»Schwul oder was?«, fragte ein anderer und lachte wie ein Affe.

»Bei dir bestimmt …« Ich ging einfach weiter. Schicke Oberarme waren halt nicht alles.

»Ey, ich fick dich, Alter!« Der Affenkopf erntete anerkennendes Gelächter von seinen Kumpels. Wenn der wüsste, dass ich mir das tatsächlich vorstellen konnte. Der Dummkopf müsste lediglich dabei die Fresse halten. Am besten Sack über den Kopf … Na ja, das war eine Fantasie, der nachzuhängen sich ohnehin nicht lohnte. Von richtig geilem Sex verstanden diese Möchtegern-Hengste wahrscheinlich weniger, als ein Blinder von Farbenlehre.

Ich tauchte in das Bahnhofsgewühl ein. Noch immer hatte ich keine Ahnung, wo ich überhaupt hinwollte.

Vielleicht war das aber auch nicht so wichtig. Hauptsache mal das Hirn auslüften.

Als ich am Niedergang zu den öffentlichen Toiletten vorbeikam, blieb ich stehen. Nein, das konnte ich wirklich nicht bringen. Zu Hause wartete ein heißer Türke von achtzehn Jahren auf meinen Schwanz, da würde ich mich jetzt nicht auf die Suche nach einem schnellen Klappenfick machen! Meine Körpermitte sprang allerdings gleich auf die Vorstellung an. Einfach mal was Neues zur Abwechslung. Bevor ich Ahmed kennenlernte, hatte ich auch keinen festen Sex-Buddy. Da hab ich alles abgeschossen, was mir vor die Flinte kam und des Schusses würdig war. Verdammt, ich machte mir Gedanken darüber, ob ich womöglich eine Grenze überschritt, die ich nicht überschreiten durfte. Aber davon konnte doch keine Rede sein. Es gab ja keinerlei Abmachung. Also stellte ich mich an die gegenüberliegende Wand und wartete. Ich nahm die Jungs in Augenschein, die mir verdächtig aussahen, checkte sie ab und verwarf jeden, der zu offensichtlich den Stricher auf der Stirn trug.

Nach einer Weile fühlte ich mich beobachtet. Das war natürlich albern bei all den Leuten im Bahnhof. Trotzdem sah ich mich um und ging schließlich weiter. Okay, spätestens jetzt wurde es Zeit, sich die Beziehung einzugestehen. Ich konnte nicht ficken, denn es hätte Ahmed gegenüber etwas von Fremdgehen. Ich kam mir ja schon beschattet vor. Das war der Albtraum der Liebe, beim kleinsten Verdacht kontrolliert zu werden, damit man die Grenzen nicht überschritt. Nur gucken war erlaubt, zum Essen brav nach Hause … Ich sah mich wieder um. Natürlich war von Ahmed nichts zu sehen. Erst recht nicht in den Massen.

Plötzlich blieb ich wie angewurzelt stehen: Ein paar Meter neben mir ging ausgerechnet der Blonde aus der Bar vorbei, mit seinem Freund im Schlepptau. Sie hielten sich im Arm wie ein frisch verliebtes Pärchen. Dabei waren sie laut Michael schon eine halbe Ewigkeit zusammen.

Ich erinnerte mich sofort an den Abend, als mich der Typ angeflirtet hatte. Den Blick vergaß ich so schnell nicht mehr. Da hatte definitiv Sex drin gelegen! Ich schloss kurz die Augen und sah, wie er sich zu mir über die Theke beugte, um mich zu küssen. Ich war mir bis heute sicher, dass das nicht nur gespielt war. Aber Michael hatte mich ja aufgeklärt, dass die beiden diese Nummer öfter abzogen und dann doch niemanden zwischen sich ließen. Geil waren sie allerdings, sonst würden sie solche Spielchen nicht inszenieren …

Automatisch folgte ich ihnen. Der Dunkelhaarige war größer und rein äußerlich eher mein Typ. Ich stand auf richtige Kerle, nicht auf so junge Bübchen. Der Blonde hatte dafür eindeutig mehr Ausstrahlung, auch wenn er wie ein Schüler wirkte. Sonst gar nicht mein Fall. Aber bei ihm … Vielleicht stimmte es ja, dass man mit den Jahren wieder auf die Jüngeren schaute?

Die beiden blieben kurz stehen. Der Dunkle sah sich um, als ob er überlegte, wo es jetzt hingehen sollte. Sie verließen den Bahnhofsvorplatz und ich lief hinterher. Ich stellte mir vor, dass sie nicht wussten, wo sie mit sich und ihrer Geilheit hinsollten. Die konnten ja keine Sekunde die Finger voneinander lassen. Mit etwas Glück trieben sie es glatt in der Öffentlichkeit. Ich kannte diese Blicke doch!

Wenig später bogen die Jungs in eine Seitengasse ein. Ich wartete einen Augenblick. Die beiden hatten zwar nur Augen für sich, aber hier waren die Straßen kaum belebt. In so einer engen Häuserschlucht würde ich definitiv Aufmerksamkeit erregen, wenn ich nicht genug Abstand hielt.

Ich sah mich noch mal um, bevor … Moment, war da hinten nicht jemand in einen Hauseingang gesprungen? Mit einem Mal fühlte ich mich wieder beobachtet. Die Person tauchte jedoch nicht mehr auf. Wahrscheinlich war einfach nur wer ins Haus gegangen.

Mit klopfendem Herzen linste ich um die Ecke. Tatsächlich bekam ich genau das geboten, was ich vermutet hatte: Die beiden waren spitz wie sonst was. Sie drückten sich zwischen ein paar Mülltonnen gegen die Hauswand und knutschten hemmungslos herum. Das nannte ich mal Geilheit!

Ich schlich hinter einen großen Container, der sich auf halbem Weg zu den Jungs befand. Von hier aus ließ sich das Treiben recht gefahrlos verfolgen.

Es dauerte nicht lang, da ging der Blonde in die Knie. Blöd nur, dass mir die Mülleimer die freie Sicht auf die Action versperrten. Allerdings gab es wohl auch noch keine sonderlich interessanten Ansichten. Soweit es sich erkennen ließ, lief bislang alles jugendfrei ab. Ich hoffte natürlich, dass das nicht so blieb! Immerhin reichte es für eine heftige Stange in meiner eigenen Hose.

Der Blonde kam recht schnell auf die Beine zurück. Na, das war jetzt aber enttäuschend. Sein Freund schien es genauso zu sehen und warf ihn gegen die Wand. Kurz darauf stand der Engel mit freiem Oberkörper da und das Spielchen ging mit vertauschten Rollen von vorn los. Die beiden ließen sich echt Zeit. Immer wieder küssten sie sich, bevor es endlich mal losging. Für mich als Spanner natürlich weniger prickelnd, zumal mein Schwanz bereits schmerzte.

Offenbar waren sich die Herren nicht einig, wer denn nun mit dem Blasorchester beginnen sollte. Was für Pfeifen! Die wollten hier einen Quickie hinlegen und mir platzte bald die Hose, weil es so lang dauerte, bis sie mal zur Sache kamen. Plötzlich kam mir der Gedanke, dass ich die Bullen rufen könnte. Das wäre eine gute Strafe. Da dürften sich die beiden auf der Wache erst mal die dicken Eier plattsitzen, während ich mir zu Hause einen auf sie keulte. Manchmal hatte ich echt fiese Ideen. Vorerst wollte ich ihnen allerdings noch eine Chance geben.

Nach einem erneuten Tausch sah es schon besser aus. Jetzt stand wieder der Dunkle an der Mauer. Engelchen ging endlich in die Vollen. Sehen konnte ich zwar nichts, aber das Gesicht des großen Kerls sprach Bände. Verdammt, der Typ war ebenfalls absolut heiß!

Mein Schwanz zuckte aufgeregt. Ich sah mich um, bevor ich mir in die Hose griff. Für Passanten würde es sicher seltsam aussehen, dass ich hier herumlungerte. Ich vertraute dennoch auf das Glück, dass niemand im Vorbeigehen herschaute. Von hinten wären ohnehin keine nackten Tatsachen zu erkennen. Trotzdem sah ich mich noch mal um. Die Unsicherheit blieb. Meine Geilheit allerdings siegte. Ich öffnete die Hose und rieb meinen Steifen, während kaum zehn Meter von mir entfernt der Typ stöhnte. Ich spürte, wie sich eine ordentliche Portion Vorsaft aus meiner Eichel drückte, weil ich schon den halben Tag über einen Ständer hatte. Jetzt endlich war meine Latte frei und ich verrieb die Lusttropfen auf meiner Schwanzspitze.

Der Dunkelhaarige legte den Kopf in den Nacken. »Oh Mann … Hilfe!«

Zumindest das hatte ich verstanden. Engelchen machte seine Sache also gut. Je besser er blies, desto geringer war die Gefahr, dass sein Kerl mich … Scheiße! Genau in diesem Moment sah der Typ natürlich zu mir rüber. Ich zuckte zusammen, war wie erstarrt. Da kein empörtes Geschrei folgte, blieb ich einfach stehen. Der Kerl schien sich weder an meiner Anwesenheit noch an meinem Schwanz zu stören. Er grinste sogar nach dem ersten Überraschungsmoment und zwinkerte mir dann zu. War das etwa eine Aufforderung? Seelenruhig ließ er sich von seinem Freund weiter oral bedienen. Ich erinnerte mich gut an seinen Blick in der Bar, als ich am liebsten den Blonden gevögelt hätte. Er war nicht abgeneigt gewesen, hatte mir allerdings auch zu verstehen gegeben, dass ein Dreier nicht infrage kam.

Jetzt sah mich der Typ gelassen an und genoss es, sich von dem Engel die Stange lutschen zu lassen. Ich rubbelte mir einen dabei. Die Situation erregte mich so sehr, dass ich gleich abspritzen könnte. Ob ich einfach rübergehen sollte? Eine Einladung war der Blick bislang jedoch nicht. Also wartete ich. Irgendwann schloss er die Augen und gab sich völlig seinen Gefühlen hin.

Dann tauschten sie wieder. Nun war der Dunkle dran mit Blasen. Ich sah seinen nackten Arsch und mein Verstand setzte kurz aus. Der Blonde hatte von dem Blickkontakt offenbar nichts mitbekommen. Er schaute jedenfalls kein einziges Mal zu mir herüber.

Diesmal dauerte es nicht so lange, bis erneut Bewegung ins Treiben kam. Zu meiner Überraschung gingen die beiden nun wohl doch noch einen Schritt weiter. Der Blonde stützte sich gegen das Gemäuer und reckte seinem Freund den Hintern hin. Wie schon zuvor überstürzten sie nichts. Die Jungs hatten echt die Ruhe weg. Mein Glück, denn jetzt bekam ich auch den Steifen des Dunklen zu sehen. Richtig gut war er gebaut. Es machte mich total heiß, dass er ab und zu herüberschaute, während er den Jungen vor sich fingerte. Dabei rieb er grinsend seinen Schwanz.

Ich stellte mich nun ganz neben den Container, um ihm meinerseits freie Sicht zu gewähren. Verzweifelt hoffte ich auf ein einladendes Nicken, aber das kam nicht. Der Blonde beschwerte sich schließlich und reckte den Hintern. Dieser Bitte kam der geile Stecher natürlich nach. Kurz darauf fickten sie. Verdammt, zu schade, dass ich nicht direkt dabei war! So gab es nicht ganz so viel zu sehen. Ich hätte mir das gern von allen Seiten angeschaut, sie vielleicht ein wenig dirigiert. Oder ich hätte mich unter die beiden gelegt und zugeschaut, wie ihre Eier im Rhythmus schaukelten. Ich hätte dem Blonden auch gern einen geblasen. Allein meine Fantasien reichten aus, um mich fast zum Höhepunkt zu bringen. Ich ließ meine Latte los und konzentrierte mich. In meinem Kopf ging immer wieder die Vorstellung um, jetzt einfach die paar Meter rüberzugehen und mitzumachen. Wenn der Dunkle erst mal meinen Schwanz am Hintern spürte, würde er möglicherweise von Geilheit übermannt und ließ sich von mir nehmen …
Aber gegessen wird zu Hause!

Der Gedanke traf mich wie ein Blitz. Plötzlich hatte ich gar keine Lust mehr, mir hier einen abzuwichsen. Die beiden Jungs waren vollkommen mit sich selbst beschäftigt. Ich war mir sicher, dass ich bei diesem Fick nicht willkommen war. Entschlossen packte ich meinen Steifen ein. Es interessierte den Dunkelhaarigen nicht. Der fickte seinen Freund jetzt in einem wilden Rhythmus und das Klatschen der Eier auf dem Engelarsch hallte zwischen den Wänden. Ich bewunderte den Mut der beiden, hier so ungehemmt ihre Lust auszuleben. Aber mir reichte es. Ich musste Ahmed endlich aus dem Kopf kriegen!

Als ich mich umdrehte, bemerkte ich eine Bewegung auf der gegenüberliegenden Straßenseite. Im Gehen richtete ich meinen Schritt, weil meine Latte in der zu engen Hose schmerzte. Doch meine Konzentration lag jetzt ganz bei dem Audi dort drüben. Erneut hatte ich das Gefühl, beobachtet zu werden. Diesmal war ich mir sogar sicher, dass es nicht unbegründet war. Gab es außer mir etwa noch einen Spanner? Der Gedanke an sich war nicht unbedingt beunruhigend, solange es sich um einen süßen Typen handelte. Aber ich ahnte schon, dass mich eine weniger erotische Überraschung erwartete. Als ich um den Wagen herumging und Ahmed hinter dem Wagenheck hocken sah, hatte ich Gewissheit.

»Was …«, fing ich an.

Ahmed fiel mir ins Wort. »Entschuldige, ich wollte dir nicht …«

Ohne zu zögern drehte ich um und ging. Zum einen sollten die beiden Jungs von dieser Szene nichts mitbekommen, zum anderen hatte ich echt keine Worte. Jetzt passierte also genau das, wovor ich mich fürchtete: Mein eifersüchtiger Lover spionierte mir nach …

»Hey, warte!« Ahmed kam hinter mir her. »Ich wollte dich wirklich nicht kontrollieren! Ich wollte nur …«

Blitzschnell packte ich ihn am Kragen. »Was wolltest du?«

Ahmed sah mich erschrocken an. Zum ersten Mal, seit ich ihn kannte, war der schelmische Ausdruck aus seinen Augen verschwunden. Sofort zog sich in mir etwas zusammen. Offenbar hatte er Angst vor mir. Aber ich konnte ihn auch nicht einfach loslassen. Dass ich ausgerechnet jetzt bemerkte, wie sehr ich die Frechheit in seinem Gesicht liebte, dass ich überhaupt von ihm in Zusammenhang mit Liebe dachte … Ich wurde noch wütender.

»Ich hab mir Sorgen gemacht«, sagte er leise.

»Da hab ich nicht drum gebeten!«

»Du warst so komisch, da wollte ich …«

»Schwachsinn! Du wolltest sichergehen, dass ich nicht mit anderen Kerlen ficke!«

»Hab ich dich etwa davon abgehalten?« Jetzt wich der ängstliche Ausdruck einem ärgerlichen. »So wie ich das sehe, bin ich dir genauso hinterhergetigert, wie du den beiden da. Ich hab nur gespannt, wie du!«

»Wer weiß, ob du nicht eingeschritten wärst, wenn …«

»Wenn und hätte! Alter, tickst du noch richtig? Was ist eigentlich dein Problem? Wenn du die knallen willst, dann los! Ich halte dich nicht auf!«

»Ach nein?« Ich schüttelte Ahmed, aber das wirkte selbst auf mich hilflos. Ich war nicht mehr überzeugt und ärgerte mich über meinen albernen Wutausbruch. Er hatte mich tatsächlich nicht aufgehalten. Das war ich selbst gewesen mit meinen Gedanken. Ich war es, der sich vorstellte, er könnte eifersüchtig werden. Ich fantasierte mir diese Beziehungskonstellation herbei. Dabei war Ahmed nun wirklich nicht anhänglich. Vielleicht machte es ihm ja in der Tat nichts aus, wenn ich mich auch mit anderen Jungs beschäftigte? Dass ich hier so ein Drama veranstaltete, deutete am Ende eher darauf hin, dass *ich* derjenige war, der sich verliebt hatte und sich eine Beziehung wünschte … Die Erkenntnis traf mich so unvorbereitet, dass ich Ahmed losließ. Ich schüttelte den Kopf, ich wollte jetzt nicht darüber nachdenken.

»Schlappschwanz!« Ahmed legte ein zögerliches Lächeln auf.

Ich sah ihn überrascht an. »Wieso?«

»Ich dachte, du schleifst mich in den Hauseingang hier und fickst mich brutal durch.«

Ich war überrascht. Mein Schwanz allerdings zuckte sofort bei der Vorstellung. Dann ging alles ziemlich schnell. Ich packte wieder zu und schubste ihn in die zwei Stufen hoch in den Außenflur. Zur Haustür waren es etwa drei Meter. Altbau, einigermaßen düster.

»Bitte nicht!« Ahmed versuchte, sein Grinsen zu verbergen und eine flehende Miene aufzusetzen.

»Das kannste dir schenken!« Ich riss ihm die Hose auf.

»Hey, das ist meine beste Levi's!«

»Halt die Fresse!« Gnadenlos stieß ich ihn gegen die Briefkästen. Er fing sich erschrocken ab und wäre fast gestürzt, aber ich packte ihn sofort hinten am Hosenbund. Sein Shirt war hochgerutscht und ich sah die beiden Grübchen über dem Hintern, die ich sonst immer sanft küsste. Dann bemerkte ich, dass meine Finger glitschig wurden. Sie rutschten einfach so in die Ritze. Die kleine Sau hatte sich vorsorglich Gleitmittel zwischen die Backen geschmiert!

Ich stöhnte auf. Mit einem Ruck zerrte ich ihm die Jeans vom Arsch. Meine Fingerkuppen fanden sofort das Loch und glitten mühelos hinein.

»Du hast das geplant?«

»Nein«, keuchte Ahmed. »Ich hatte gehofft, dass du mich gleich anspringen würdest, wenn ich vom Einkaufen zurückkomme …«

»Geil!« Wir hatten uns zwar gewissermaßen bei einem Spontanfick kennengelernt, das hier allerdings war etwas Neues.

Gierig spießte sich Ahmed auf meinen Zeigefinger und ließ sein Becken kreisen. »Los mach schon! Wir können nicht ewig im Eingang rummachen.«

»Scheißegal!« Wer dachte denn jetzt an irgendwelche Leute? Nummern in der Öffentlichkeit waren eigentlich nicht mein Ding, aber heute war ohnehin alles anders. Der Gedanke, dass jederzeit irgendwer vorbeigehen konnte, störte mich jedenfalls kein bisschen. Ich war ganz bei Ahmed und dem geilen Hintern. Was interessierte mich, ob das jemand sah?

Eilig befreite ich meinen Schwanz. Ich atmete tief ein, als meine Schwanzspitze die Kerbe berührte. Aus meinem Schlitz perlte ein Lusttropfen, während meine Eier vom Slip hochgequetscht wurden. Ungeduldig fühlte ich in meinen Hosentaschen nach, aber ich hatte keine Kondome dabei.

»Mann, du brauchst ja ewig. Das wird mir langsam zu heiß …« Er versuchte sich umzudrehen, doch ich stieß ihn gegen die Briefkästen zurück.

»Hey! *Du* bist nicht derjenige, der hier nackt steht!« Ahmed bückte sich, um die Jeans hochzuziehen. Verdammt, der Kerl wollte tatsächlich kneifen! Das ging gar nicht! Wenn ich nicht sofort einen wegstecken konnte, würde mir der Pimmel platzen!

»Du bleibst so!«, knurrte ich und ließ mich auf die Knie nieder. Kurz darauf stöhnte er lustvoll auf, als ich ihm meine Zunge ins feuchte Loch schob. Das hatten wir noch nicht und jetzt schien eine gute Gelegenheit, diese Lücke zu schließen. Hoffentlich konnte ich ihn damit ein wenig bei Laune halten. Mit geschlossenen Augen leckte ich die Rosette, während ich mit den Händen in seinen Jeans nach einem Kondom suchte. Natürlich hatte er welche dabei. Braver Junge!

»Oh Mann, das ist – der Hammer!«, keuchte er.

»Der Hammer kommt gleich.«

»Mach weiter!« Er reckte mir seinen Arsch hin. Ich nutzte die kurze Pause, um das Kondom auszupacken und mir über den Schwanz zu rollen. Das ging nicht ganz ohne hinzugucken. Dann aber vergrub ich mein Gesicht erneut in Ahmeds Hintern und entlockte ihm ein Seufzen nach dem anderen. Es gefiel mir wirklich, ihn auf diese Weise zu stimulieren. Ich beschloss, das ab sofort öfter in unser Liebesspiel einzubauen.

»So, das reicht!« Ahmed griff wieder nach der Levi's. »Wir können hier nicht ewig stehen, lass uns nach Hause …«

Blitzschnell sprang ich auf die Beine. Ich rammte meinen Schwanz einfach in ihn hinein, bevor er die Jeans auch nur bis zu den Kniekehlen hochbekam. Schnell fing er sich an der Hauswand ab, um der unerwarteten Wucht etwas entgegenzusetzen. Ein überraschter Lustschrei entkam ihm. Ich stieß nach. Das Gefühl, endlich von einem heißen Loch umschlossen zu sein, war unglaublich. Ich stöhnte laut auf und rammte mich hart und tief in die geile Rosette. Ahmed schrie erneut auf. Fast gleichzeitig schrie noch jemand. Irritiert sah ich zur Seite. Da stand eine ältere Frau, die ihre Einkäufe hatte fallen lassen.

»Scheiße!« Ahmed wollte sich mir entziehen. Aber ich packte ihn an den Hüften und fickte weiter. Ihm blieb gar nichts anderes übrig als mitzumachen. Die Alte neben uns bekreuzigte sich immer wieder und jammerte hilflos. Doch das war irgendwo da draußen, nicht hier. Ich nahm nur Ahmeds Stöhnen wahr und das klatschende Geräusch, das meine Stöße verursachten. Ich leckte mir die Lippen, dachte dabei an das heiße Loch, das ich eben noch geschmeckt hatte und jetzt so unbarmherzig durchfickte. Was interessierte mich die Welt, wenn sich mein Schwanz gerade so unendlich gut anfühlte? Immer wieder rammte ich mich so tief ich konnte vor. Ich hob Ahmed von den Füßen und ließ mich von ihm zurückstoßen, damit ich ihn nicht völlig gegen die Briefkästen drängte. Das ging ein paar heftige Stöße lang so, bis zum Schluss nur noch mein eigener heiserer Aufschrei zu mir durchdrang. Als ich den Orgasmus vor meinen Augen blitzen sah und mich in endlosen Kontraktionen in meinen Freund ergoss, verlor ich mich vollkommen im Irgendwo. Dann wunderte ich mich, dass ich von Ahmed als meinen Freund dachte. Mein Freund. Mein fester Freund. Mmh, genau das war er ja eigentlich. Warum wehrte ich mich so?

* * *

»Die Alte stand echt kurz vor 'nem Herzinfarkt!« Ahmed schien sich ernsthaft Sorgen zu machen.

»Ach, die war auch mal jung und geil. Hat sie wohl nur vergessen. Obwohl ich das auch nicht glaube, so wie die dir auf den Arsch geguckt hat. Also unschuldig war die bestimmt nicht! Wer weiß, wenn du allein gewesen wärst, hätte sie dich vielleicht angeknabbert.«

Ahmed wurde rot. Ihm war die Sache offensichtlich doch unangenehmer, als er zugeben wollte. »Was wäre, wenn sie die Polizei gerufen hätte?«

»Sie hatte offenbar kein Handy und der liebe Gott hatte wahrscheinlich gerade Besseres zu tun …« Ich grinste. »Außerdem, so schnell, wie du gelaufen bist, hätte dich eine ganze Polizeistaffel nicht bekommen.«

»Und du bist nicht mitgelaufen! Arsch!«

»Na ja, ich hatte auf einen hübschen Polizisten gehofft …«

Er schlug mir auf den Arm.

»Hey, was ist? Stehst du nicht auf Uniformen?«

»Bei dir vielleicht schon. Aber da weiß ich ja auch, dass die Sache mit dem Knüppel stimmt.«

»Oh, danke. Ja, echte Qualitätsarbeit, nicht so ein blödes Hartgummi.«

»Jetzt lenk nicht ab, was hast du noch so lange da gemacht?«

»Ich hab mich von der Alten bezahlen lassen. Meinst du, ich lasse die umsonst zugucken?«

Diesmal boxte er mir auf die Brust. »Noch ein blöder Spruch und – es gibt nie wieder so ein Abenteuer.«

»Okay, ich kann nicht rennen, ohne dass mir das Kondom vom Schwanz rutscht und mir dann die Suppe in die Hose läuft. Ist die Erklärung okay?«

Ahmed lachte. »Ach darum musste ich Stunden auf dich warten!«

»Ich hätt das Ding ja auch abziehen können, aber du warst so schnell. Echt, kaum hatte ich …«

»Pssst!«, machte Ahmed, weil Leute an uns vorbeigingen. Dann gab er mir einen leidenschaftlichen Kuss. »Ich nehm dich auch mit Suppe in der Hose.«

»Also wenn du deine Finger jetzt schön da wegnimmst, bleibt mir das erspart.« Ich räusperte mich. »Was heißt eigentlich *du nimmst mich*?«

»Darunter könnte man verstehen, dass ich es dir auf gleiche Weise heimzahlen will, wie du mich gerade genommen hast.«

»Nein-nein, ich mein's ernst«, unterbrach ich ihn und schluckte. »Ehrlich gesagt, ich weiß nicht, ob ich überhaupt fähig bin, eine echte Beziehung …« Ich brach ab. Fühlte sich ganz schön komisch an, sowas auszusprechen. Irgendwie hatte ich Angst, dass ich ihn mit meinem Geständnis enttäuschte. Ich wollte das, was wir hatten, nicht kaputtmachen.

Aber Ahmed schüttelte grinsend den Kopf. »Weiß ich doch, du Weichei! Glaubst du, ich hab Bock auf eine Ehe?« Er räusperte sich und kam ein Stück näher. »Wenn du Lust auf andere Kerle hast, sag's mir einfach– vielleicht fragst du noch, ob ich mitmachen will. Ist das eine Beziehung, die du dir vorstellen kannst?«

Ich nickte. Fürs Erste ja.

SEXNAPPING

Ich betrat den Club. Eigentlich kam ich nur mit Fabian hierher, aber heute war ein besonderer Tag. Ich wusste, dass Juan an diesem Abend früher Schluss hatte. Ein Blick auf meine Armbanduhr verriet mir, dass ich für meinen Plan gut in der Zeit lag. Ich schob mich durch das stickige Halbdunkel des Clubs und wich dabei immer wieder tanzenden Gestalten aus. Irgendwann stand ich am Tresen – jedoch nur in zweiter Reihe. Es war normal, dass die Barkeeper ständig belagert wurden, hier gab es schließlich den Alkohol. Bei Juan war das Getümmel allerdings eine Spur verschärft, weil er so beliebt war.

Mutig drängte ich mich zwischen zwei Lederkerle, die mich nach anfänglichem Unwillen doch in ihre Mitte aufnahmen. Ich war erleichtert, dass ich den Latino tatsächlich vor mir sah. Solange ich Juan hinter der Theke wusste, konnte ich mich entspannen. Ich lehnte mich mit dem Rücken gegen den Tresen, um das Treiben im Club beobachten zu können. Dicht an dicht drängten sich die Tänzer in der Mitte. Eine Meute von jungen und nicht mehr ganz jungen Typen stand drum herum und beobachtete jeden Hüftschwung. In den Ecknischen tummelten sich schemenhafte Körper. Ich dachte daran, wie Fabian und ich vor ein paar Wochen unser kleines Spiel auf so einer Eckbank getrieben hatten. Wir hatten uns kaum zurückhalten können. Heute waren die Plätze von Besuchern besetzt, die sich offensichtlich ebenfalls kurz vor dem Komplettverlust ihrer Hemmungen befanden. Immer wieder blitzten in der Discobeleuchtung nackte Oberkörper und teilweise äußerst knappe Höschen auf. Dazu das metallische Gestampfe, das aus den Boxen drang und die zuckenden Leiber antrieb. Kam es mir nur so vor oder ging es hier allmählich immer lasterhafter zu? Nicht, dass mir das etwas ausmachte. Ich hatte ja selbst alles andere als keusche Pläne für heute.

Ich steckte mir eine Zigarette an und blies entspannt den Qualm in die ohnehin schon dunstige Luft. Ich spürte sofort, dass ich ruhiger wurde.

»Hi, kann ich dir was mixen?«, fragte Juan hinter mir.

Ich drehte mich um, lächelte ihn an. »Hi!« Zufrieden stellte ich fest, dass Gerome, der Besitzer, nun ebenfalls hinter dem Tresen stand und sich um die Gäste kümmerte. Also ließ sich Juan vielleicht in ein Gespräch verwickeln. »Was empfiehlst du?«

Er grinste anzüglich. »*Sex on the Beach*?«

»Sex klingt nicht schlecht, allerdings bezweifle ich, dass du auf die Schnelle einen Strand herbeischaffen kannst.«

»Okay, wie wär's mit einem *Kiss in the Dark*?«

»Die Lichtverhältnisse lasse ich durchgehen und ein Kuss scheint ein guter Anfang zu sein. Aber was soll ich trinken?«

»Ich mach dir einen *Orgasmus*!«

»Ah, das ist doch mal ein Versprechen! Den nehm ich!«

Er zwinkerte mir zu und begann sofort damit, meine Bestellung zu mixen. Na, wenn das mit dem anderen Orgasmus nachher ebenso anstandslos klappte, konnte ich mich auf einen interessanten Abend freuen.

Kurz darauf stand der Cocktail vor mir. Ich hatte so etwas noch nie gesehen. Jetzt wusste ich, woher dieser Drink seinen Namen hatte: Das Zeug sah wie Kekswichsen aus – nur ohne Keks.

»Hm – lecker …« Ich sah mir das Gläschen von allen Seiten an. Na hoffentlich schmeckte es nicht so, wie es aussah! Juan beobachtete mich neugierig, während er den Tresen abwischte. Ich dachte daran, dass ich gleich noch fahren musste. Ich hätte also eine Ausrede. Einen Rückzieher zu machen, kam allerdings blöd. Heroisch kippte ich das Gesöff hinunter und verzog das Gesicht. Es schmeckte zwar nicht nach Sperma, dafür war es aber penetrant süß. Ich schob das Glas von mir weg und sah Juans amüsiertes Grinsen.

»Ziehst du immer so ein Gesicht, wenn du einen Orgasmus hattest?«

»Das kannst du gern herausfinden …«

»War das eine Einladung?«

»Wenn dein Orgasmus besser schmeckt, können wir drüber reden.«

»Den gibt's aber nicht im Glas.«

»Ich würd auch direkt aus der Flasche trinken …«

Plötzlich wurde Juan ernst. Er zögerte, bevor er fragte: »Bist du allein unterwegs?«

»Bis jetzt schon. Warum? Vermisst du jemanden?«

»Deinen blonden Freund.«

»Ich hab heute lange Leine, wenn du das meinst. Ich darf also mit anderen Hunden spielen.«

»Mmh …«

»Was?«

»Ich weiß nicht. Hündchenstellung? Ich schau meinen Spielkameraden gern in die Augen beim – Herumtollen.«

Ich antwortete nicht und ließ Juan eine Weile in meine Augen schauen. Bei all den Komplimenten, die ich so bekam, hoffte ich doch sehr, dass da auch etwas Wahres dran war. Erst recht, wenn es um einen knackigen Latino ging. Also flirtete ich, was das Zeug hielt und leckte mir über die Lippen. Ich sah an Juans Blick, dass er sich meiner Verführung nicht entziehen konnte. Mal abgesehen davon, dass er sich ohnehin nicht sonderlich sträubte. Vielleicht wollte er aber auch nur an Fabian herankommen. Dass er sofort nach ihm gefragt hatte, bestätigte meinen Verdacht, dass er auf ihn abfuhr. Der Hintern meines Freundes war ein Hingucker, keine Frage, allerdings plante ich Juan für eine andere Rolle ein. Heute sollte der Latinoarsch mir gehören.

»Gut, wir finden schon eine Position, bei der das mit dem Blickkontakt klappt«, nahm ich das Gespräch wieder auf.

»Fein. Ich habe übrigens gleich Schluss.« Er schaute auf die Uhr. »In zehn Minuten. Willst du noch schnell einen *Orgasmus* für die Wartezeit?« Er grinste frech.

»So wie du das sagst, klingt es verführerisch, aber es trifft nicht ganz meinen Geschmack.«

»Zu süß? Stimmt, das hat man eigentlich eher selten auf dem Gebiet. Vielleicht lieber eine Cola?«

»Tonic Water?«

Juan nickte. »Ein Mann, der es herb mag. Gefällt mir.«

»Nicht nur bei Getränken …«

»Daher die lange Leine?« Er stellte mir den Longdrink hin.

»Wieso?«

»Na ja, dein Freund jedenfalls ist eher süß, oder nicht?«

Gerome rief irgendwas. Juan sah mich entschuldigend an und stand kurz darauf neben seinem Chef. Mein Blick tastete sofort den vollkommenen Hintern ab, den Juan in eine dunkle Hose gepackt hatte. Was er wohl drunter trug? Boxershorts? Konnte ich mir bei ihm nicht vorstellen. Vielleicht stylische Pants. Oder einen String? Diese Fantasie erregte mich und ich spürte, wie sich mein Schritt spannte. Unbewusst rieb ich mir über die Beule, versuchte, meinen Schwanz in eine bequemere Position zu bringen. Aber meine Gedanken schweiften beim Anblick von Juans Arsch immer wieder in eine anheizende Richtung. Schon bald hatte mein Schwanz Probleme, überhaupt noch genug Platz zu finden. Der Lederkerl rechts von mir schaute mich bereits ganz hibbelig an. Ich lächelte und er lächelte breit zurück. Wie auf ein geheimes Zeichen erhob er sich und verließ die Theke in Richtung Toiletten. Da hatte wohl jemand etwas missverstanden. Schuldbewusst trank ich von dem Tonic und warf meinem Barkeeper durchdringende Blicke zu. Wie konnte er Gerome nur so ruhig zuhören, während meine Augen ihn zwischen den Beinen streichelten? Dann drehte er sich zu mir um. Ich grinste, legte all meine schmutzigen Gedanken in meinen Ausdruck. Jetzt war es Juan, der sich über die Lippen leckte. Ob er genauso wuschig war wie ich? Zumindest schien er seinem Chef nicht mehr richtig zuzuhören. Er sah erleichtert aus, als Gerome mit dem Monolog fertig war, und bedeutete mir, mich einen Moment zu gedulden. Ich prostete ihm zu, aber ich war bei weitem nicht so gelassen, wie das aussehen musste. Am liebsten hätte ich ihn gleich über den Tresen gezerrt und entführt.

Meine Finger wanderten wieder in meinen Schritt. Hoffentlich kam Juan zurück, bevor der Lederkerl bemerkte, dass er vergeblich auf mich wartete.

Plötzlich spürte ich eine Hand auf meiner Beule. »Ganz schön heiß!«

»Hey!« Irritiert drehte ich mich um. Vor mir standen zwei junge Männer, Arm in Arm, die sich nun auf den freien Platz neben mir drängten.

»Du machst unseren Barkeeper an!«, sagte der Typ, der mir gerade an die Hose gegangen war.

»Für heute würde ich ihn eher als *meinen* Barkeeper bezeichnen. Ihr könnt es ja morgen versuchen.« Ich nippte lässig am Glas.

»Du bist doch öfter hier, oder?«

»Möglich …« Auf diesen Anbaggerspruch stand ich nicht wirklich. Normalerweise war auch ich derjenige, der sich die Typen ausguckte. Trotzdem betrachtete ich die beiden genauer. Der Grapscher lächelte mich herausfordernd an, aber ich hatte plötzlich nur noch Augen für das verschnörkelte Tattoo auf seinem Oberarm. Es sah aus, als sei etwas über die Haut gewebt worden. Eine Linie schlängelte sich in die nächste. Total faszinierend. Die aufdringliche Art gefiel mir dennoch nicht. Sein Begleiter war da eher nach meinem Geschmack: etwas kleiner, dunkelblonde Haare, grüne Augen. Er löste mein Interesse für die Tätowierung ab.

»Gefällt dir, was du siehst?«, fragte das Tattoo. Es klang, als wollte er mir seinen Freund verkaufen. Obwohl ich mir überrumpelt vorkam, musste ich eingestehen, dass ich die beiden ziemlich anziehend fand. Wenn die sich schon aufführten wie im Swingerclub, vielleicht könnte sich daraus ja noch was ergeben …

»Wo hast du denn dein Blondie gelassen?« Das Tattoo sah mich herausfordernd an.

»Zu Hause«, gab ich zurück. »Was soll das hier eigentlich werden?«

»Na, du stehst auf uns – und wir auf dich.«

Ich wollte sofort widersprechen, aber – er hatte recht. Also nickte ich knapp. »Und?«

»Dario.« Der Dunkelhaarige reichte mir die Hand.

»Nick«, sagte ich und schlug ein. Dann wand ich mich dem Kleineren zu, der sich mir als Robin vorstellte.

Ich lächelte. »Dein Freund ist vielleicht der Draufgänger, dich hab ich mit meinen Blicken allerdings schon ausgezogen.«

»Ach, darum fühle ich mich so nackt …«

»Keine Sorge, du machst eine gute Figur.«

»Du hast also vor, Juan zu vernaschen?«, fragte Dario, der es offenbar nicht mochte, wenn er übergangen wurde.

»Es wäre eine Schande das nicht zu versuchen, oder?«

»Blondie ist da nicht eifersüchtig?«

»Warum sollte er? Er darf doch mitmachen.«

»So einer bist du!« Robin grinste frech. »Zwei Kerle sind besser als einer.«

Ich lachte. »Das sagen die Richtigen. Wer steht denn hier vor mir und baggert mich an? Oder wolltet ihr mich etwa nicht für einen Dreier klarmachen?«

Die Frage war an Robin gerichtet, doch Dario mischte sich wieder ein: »Wir haben dich im Frühjahr gesehen, wie du dein Blondie hinter dem Club um den Verstand gevögelt hast.« Er verzog anerkennend den Mund. »War echt geil. Ihr seid so schon heiß, die Show aber war einfach unglaublich.«

»Ah, zwei Spanner!« Ich zündete mir amüsiert eine weitere Zigarette an. Genauso, wie zuvor Juan, hing nun Robin an meinen Lippen.

»Nun, wenn sich so eine Gelegenheit bietet, die lässt man doch nicht aus!«

»Das stimmt wohl. Jetzt, da ich es ja weiß, haben Fabian und ich was gut bei euch …«

»Was meinst du?«

»Na, beim nächsten Mal seid *ihr* mit der Vorstellung dran.« Ich grinste und war mir sicher, gerade eine neue Runde für Fabian und mich an Land gezogen zu haben. Je länger ich sie anschaute, desto mehr fiel mir auf, was für ein geiles Paar sie abgaben. Denen beim Vögeln zusehen zu dürfen … Wow!

»Okay, ich bin dabei«, sagte Dario plötzlich.

Robin sah seinen Freund erstaunt an. »Hallo? Von einer Piepshow war keine Rede!«

»Sieh es mal so, Baby: Wenn es Nick heißmacht, gefällt es auch …«

»Fabian«, half ich aus.

»… Fabian. Und wenn die sich nicht mehr zurückhalten können, dann haben auch wir was davon, glaub mir!«

Ich lachte auf. Da lag Dario höchstwahrscheinlich richtig.

»Bevor ich zustimme, will ich zumindest eine Kostprobe!« Robin funkelte mich herausfordernd an.

Ich schaltete nicht gleich, weil ich in ihm bislang eher den Schüchternen gesehen hatte.

»Jetzt mach schon!« Dario schlug mir auf den Arm. »Mein Freund möchte wissen, ob du gut küssen kannst!«

»Genau, wenn das nicht stimmt, zieh ich mich nämlich gar nicht erst aus!«

Ich leckte mir über die Lippen und zog Robin an mich. Meine Hand lag in seinem Nacken und ich küsste ihn leidenschaftlich. Ich gab mir Mühe. Offenbar war etwas in mir sehr an einer Sexshow mit diesem Duo interessiert. Der fremde Mund schmiegte sich feucht an meinen. Unsere Zungen bekriegten sich regelrecht, sodass es in meiner Hose tatsächlich noch ein bisschen enger wurde. Plötzlich bemerkte ich Robins Finger zwischen meinen Beinen. Von wegen schüchtern! Ich seufzte wohlig, bevor ich ihn wieder freigab.

»Schatz, wir sollten heute Nacht für die Piepshow üben«, sagte Robin.

»Was? Ohne Kritik?« Dario schien erstaunt. »Bei mir meckert er immer!«

Ehe ich mich versah, lag ich in Darios Armen und hatte dessen Zunge im Mund. Ich wollte erst protestieren, aber dann spürte ich, wie er sein Becken gegen mich drückte. Sofort war mein Widerstand gebrochen und ich genoss auch diesen Testkuss.

»Wow«, sagte ich, als ich wieder auf meinem Hocker saß. »Jungs, eure Bewerbung war gut. Ich werde mich zur Beratung zurückziehen und melde mich bald bei euch.«

»Du willst uns warten lassen?« Dario schüttelte unzufrieden den Kopf.

Robin unterstützte seinen Freund sofort: »Ja, der Barkeeper ist nur einer, wir sind zu zweit …«

Ich lachte auf. »Sorry Jungs, heute gehört meine Aufmerksamkeit Juan.«

»Na gut. Wir sind jeden Freitag hier.«

»Fabian und ich kommen auf euch zurück. Verlasst euch drauf!«

Zum Abschied beugten sie sich gleichzeitig vor und küssten mich jeweils auf die Wange. Mir kam schon der Gedanke, dass diese Verabschiedung zu harmlos für die beiden war, als ich plötzlich ihre Hände zwischen meinen Beinen spürte.

»Haut ab!« Ich stieß sie lachend von mir weg und sie gingen tatsächlich.

»Na? Neue Freunde gefunden?« Juan stand wohl schon eine Weile hinter mir.

»Man tut, was man kann …«

»Die sind ziemlich verdorben.« Er sagte das mit einem Grinsen, als ob er es aus persönlicher Erfahrung wüsste. Sofort schoss mir der Gedanke durch den Kopf, auch Juan zu der geplanten Piepshow einzuladen, wie Robin es genannt hatte.

Bevor wir gingen, warf ich Dario und Robin noch einen Blick zu. Sie waren wohl total wild auf mich, wie ich belustigt feststellte. Beide leckten sich verführerisch über die Lippen und präsentierten sich von ihrer besten Seite. Dann bemerkte ich den Lederkerl von vorhin. Der sah mich weniger freundlich an. Entschlossen zog ich meinen Fang aus dem Club.

Draußen legte ich kurz den Kopf in den Nacken und atmete die frische Luft ein. Ich war ganz schön aufgeregt. Irgendwie musste ich Juan jetzt davon überzeugen, dass wir besser zu ihm gingen.

»Ich bin übrigens mit dem Motorrad da.«

»Oh«, machte er und sah besorgt aus.

Ich grinste. »Ich hab einen zweiten Helm dabei.«

»So rein zufällig?«

»Nee, das war geplant. Wenn ich schon mal Ausgang habe …«

»War ich etwa auch geplant?«

»Öhm …« Jetzt musste ich vorsichtig sein. Ich wollte mich nicht verraten. »Sagen wir es so: Du hast dich angeboten.«

Er lächelte. »Dann bin ich ja froh, dass das mit Angebot und Nachfrage funktioniert hat …«

Auf dem Weg zur Honda, die ich extra etwas abseits bei den Büschen abgestellt hatte, konnte ich kaum meinen Blick von ihm lassen. Aber ich hielt mich zurück. Wenn ich ihn jetzt anfasste, würden wir niemals bei ihm ankommen.

Plötzlich grinste er breit und seine Augen funkelten. »Geil!«

»Danke.« Ich schmachtete ihn übertrieben an.

»Ja, du auch, allerdings meine ich deine Maschine.«

»Na toll …« Ich änderte mein Schauspiel in kindliches Schmollen.

»Du hast ja wirklich zwei Helme.«

»Sag ich doch.«

»Keine Angst, dass die jemand klaut?«

»Hätte ich sie mit in den Club nehmen sollen? Als Eierbecher vielleicht?«

»Knallkopf!«

»Jo, über Oralsex können wir reden.«

Juan sah mich verwirrt an. »Knallkopf? Oralsex?«

»Knallen? Sex? Kopf? Oral? Sex? Knallen?«

Er blinzelte, dann kam ein langgezogenes »Aaah …«

Ich beobachtete den fast schon verliebten Blick, mit dem er mein Motorrad streichelte. »So will ich nachher aber auch angeschaut werden!«

»Ich hoffe, dass du dir das verdienen kannst.« Er schaute provozierend auf meinen Schritt.

»Wart's ab!« Ich warf ihm den Helm zu. »Zu dir?«

Er zögerte, offenbar war ihm das nicht so recht.

»Was? Nicht aufgeräumt?«

»Kann sein, dass mein – Freund da ist.«

Der Freund kam ihm etwas unsicher über die Lippen.

»Macht der etwa Stress?«

»Nein, eigentlich nicht. Ich weiß nur nicht …«

»Ich würd dich ja mit zu mir nehmen, aber ich fürchte, bis dahin halte ich es nicht mehr aus. Du willst nachher bestimmt auch keine Weltreise machen. Oder hattest du vor, die Nacht bei mir zu verbringen?«

Juan gab sich einen Ruck. »Okay, zu mir!«

Schmunzelnd lauschte ich seiner Wegbeschreibung, bis er mich am Ende irritiert ansah.

»Was?«

»Du erklärst so süß …«

»Solange du den Weg findest …« Er setzte den Helm auf und schwang sich hinter mich aufs Motorrad. Sofort fühlte ich seinen Schritt an meinem Hintern. Halleluja! Hoffentlich waren die Straßen leer. Unruhig rutschte ich in eine bequemere Position. Als ich den Motor startete, spürte ich Juans warme Hände auf meinen Hüften. Verdammt, warum nahmen wir kein Taxi?

Bevor wir losfuhren, atmete ich erst mal tief durch. Während der Fahrt strengte ich mich an, nicht zu sehr an meinen Latino auf dem Sozius zu denken. Es machte mich ganz kribbelig, wenn er sich in den Kurven enger an mich presste. Juan saß offenbar nicht zum ersten Mal auf einem Motorrad. Er klammerte sich nicht an mich, wie andere es schon getan hatten, sondern ließ seine Hände über meine Beine gleiten. Ich hielt die Luft an, als er meinem Schritt gefährlich nahe kam. Sofort drosselte ich das Tempo und er blieb erst mal brav. An der nächsten Ampel aber legte er die Hände entschlossen auf meinen Schwanz. Ich stöhnte auf und drängte automatisch meine steinharte Erregung gegen ihn. Juan griff etwas fester zu. Glücklicherweise war es nicht mehr weit …

Wenig später stellte ich meine Maschine ab und ließ mich von meinem Gastgeber in ein Appartementhaus zerren. Mehrfach stolperten wir im Treppenhaus, weil wir nicht die Finger voneinander lassen konnten. Immer wieder trafen sich unsere Münder zu wilden Küssen, rieben unsere Hände zwischen den Beinen des jeweils anderen. Gott, ob der Typ wusste, wie wahnsinnig geil er war?

Ich löste mich keuchend von ihm. »Lass uns …«

»Hoch!«, beendete er meine Forderung und ich holte ihn erst an der Wohnungstür ein. Frech drängte ich mein Becken gegen sein Hinterteil, sodass er den Schlüssel fallen ließ.

»Machst du das extra?« Ich gab ihm einen Klaps. »Wenn ich noch lang warten muss, fress ich dir gleich die Hose vom Arsch!«

Juan lachte. »Toll, jetzt bin ich geil und muss lachen. Die Tür krieg ich niemals …«

Ich nahm ihm den Schlüssel weg, rammte ihn ins Schloss und öffnete die Tür. »Deine Wohnung?«

»Logisch!«

»Wollte nur sichergehen. Komm rein!«

Laut krachend flog die Tür hinter uns zu. Ich ließ meinen Helm fallen und zog Juan ruppig an mich. Mit Gepolter ging auch seiner zu Boden, dann folgten die Jacken, während sich unsere Zungen duellierten. Juan übernahm die Führung und drängte mich zurück. Er hielt mich dabei so gut fest, dass sich unsere Münder keine Sekunde voneinander trennten. Dafür trennte sich das Hemd von meinem Oberkörper. Juan war geübt. Ich machte mich meinerseits daran, ihn aus seiner Kleidung zu schälen. Als wir die Couch im Wohnzimmer erreichten, zeichnete eine Spur aus Kleidungsstücken unseren Weg nach.

»Ihr seht so heiß aus!«, sagte plötzlich eine Stimme.

Juan zuckte zusammen. »Was …«

Fabian saß auf einem Sessel etwas abseits der Couch, die Arme links und rechts auf der Lehne, die Beine lässig übereinandergeschlagen.

Ich grinste. »Kleine Überraschung, heute ist dein Glückstag.«

Juan schaute verdutzt zwischen Fabian und mir hin und her. Fabian lächelte verführerisch, beugte sich vor, nahm eine Zigarette aus der Schachtel und zündete sie sich an. Es turnte ihn tierisch an, uns so zu sehen, das wusste ich.

»Macht ruhig weiter!«

Juan runzelte die Stirn. »Wie kommst du hier rein?«

»Wir bieten dir einen flotten Dreier und du kommst mit solchen Fragen?«

»Ähm – also – ja natürlich!« Er machte einen ziemlich überforderten Eindruck.

»Gönn mir doch das kleine Geheimnis.« Fabian öffnete die Beine und legte seine freie Hand in den Schritt. »Das ist heute auch mein Einziges, versprochen.«

Ich spürte, dass Juan immer noch zweifelte, also drängte ich mich von hinten an ihn, ließ ihn meine Erregung spüren. Meine Hände glitten an seinen Flanken hinunter und fuhren geradewegs nach vorn in die Shorts. Juan hielt sofort die Luft an, als ich den Schwanz umfasste. Vielleicht würde ihm das über die Verwirrung hinweghelfen. Das hier war doch der wahrgewordene Pornotraum eines jeden Schwulen! Tatsächlich stöhnte er. Sein Körper verlor plötzlich die Anspannung und schmiegte sich an mich. Er drängte sogar den Hintern gegen mich, sodass ich gar nicht anders konnte, als meine Latte trotz der Pants, die ich noch trug, zwischen die geilen Backen zu pressen.

Fabian beobachtete uns. Keine Bewegung schien ihm zu entgehen. Als er die Zigarette endlich in den Aschenbecher drückte, ließ ich von Juan ab und stieg zu meinem Freund auf den Sessel. Meine Kiste reckte ich dabei natürlich aufreizend dem Barkeeper entgegen. Fabian verstand sofort und schob die Hände in meine Shorts, umfasste meine Pobacken und zog Stück für Stück den Stoff hinunter. Ich hörte, wie Juan nach Luft schnappte. Offenbar gefiel ihm, was er da vor sich sah. Allerdings hatte ich nicht vor, ihm heute meinen Arsch zu schenken.

Ich beobachtete Fabians geilen Blick, den er über meine Schulter warf. Er leckte sich die Lippen und ich leckte kurz mit, bevor ich ihn mit auf die Couch zog. Ich konnte diesen heißen Barkeeper nicht länger hinter mir stehen lassen. Ich wollte wissen, was er trieb, wollte sehen, wie er sich einen runterholte. Tatsächlich stand er da mit dem Schwanz in der Hand und betrachtete uns aufmerksam. Ein bisschen wirkte er noch überrumpelt, doch die Geilheit überwog definitiv. Er würde vorerst keine Fragen mehr stellen, außer vielleicht, wer denn hier gleich wen ficken durfte.

Ich half meinem Freund aus den Klamotten und schob schließlich auch meine Pants ganz hinunter. Fabians Finger wanderten sofort an meine Stange und begannen mich zu wichsen. Ich grinste Juan an, der noch immer mit halboffenem Mund vor uns stand und sich wie in Trance rieb. Ohne ihn aus den Augen zu lassen, beugte ich mich langsam vor und ließ meine Zunge über Fabians Eichel gleiten. Ich genoss die Hand zwischen meinen Beinen, die meinen Steifen bearbeitete, aber mehr noch machte mich Juans Blick an. Kaum hatte ich den Schwanz meines Freundes zwischen den Lippen, waren bei ihm offenbar alle Bedenken verschwunden. Eine Weile lutschte ich Fabian, nahm seine Latte schön tiefe in den Mund, bis er laut stöhnte. Er liebte es, wenn er sich beim Blasen vollständig in mich versenken konnte.

Irgendwann schob er mich beiseite. »Guck mal, unser Gastgeber kann es nicht mehr erwarten.«

Juan stand noch immer an seinem Platz, wichste aber nun in einem Tempo, als wolle er jeden Moment abspritzen.

»Hey!« Ich sprang auf. »Schön langsam!« Mit drei Schritten war ich bei ihm und kam ihm ins Gehege.

»Ihr zwei seid einfach nur geil!« Er klang völlig benommen.

Fabian lachte. »Kein Grund, jetzt schon abzuschießen. Wir haben noch ein bisschen was vor mit dir.«

»Genau, also Finger da weg!« Ich befreite den Schwanz aus seinen Händen und streichelte Juans muskulösen Körper. Dann glitt ich mit meiner Zungenspitze über die braungebrannte Haut seines Nackens. Er zog mich plötzlich in seine Arme und küsste mich leidenschaftlich. Seine Latte wippte gegen meine Eier und ich konnte nicht anders, als mir mit ihm sowohl oben als auch unten ein wildes Gefecht zu liefern. Meine Hände fuhren über den Rücken, blieben auf dem vollkommenen Hintern liegen, griffen hinein, pressten ihn an mich. Ich stöhnte ihm in den heißen Mund, weil sein Schwanz elektrisierend über meinen rutschte. Ganz entfernt bekam ich mit, dass Fabian den Couchtisch beiseite schob. Aber ich war dermaßen vertieft in den Kuss und das Lattenduell, dass ich mich nicht abwenden konnte. Juan schmeckte aufregend, nach Leidenschaft und unglaublich geilem Sex.

»Hey Jungs, tut mir ja leid, dass ich mal unterbrechen muss, aber mir wird langweilig« Fabian stand plötzlich neben uns. Energisch drängte er Juan und mich zur Couch. Jetzt wusste ich auch, weshalb er den Tisch beiseite gestellt hatte.

Juan lachte, sein Gesicht jedoch war vollkommen mit diesem lüsternen Ausdruck verhangen, der mir die schärfsten Versprechungen machte.

»So, ich bin dran!« Fabian stieg auf mich. Mein Schwanz presste sich zielsicher in die Poritze. Noch bevor ich richtig aufstöhnen konnte, senkte er seinen Mund auf meinen und ich spürte die Zunge, die unbeherrscht nach Vergeltung focht.

»Geil Mann«, murmelte Juan und kniete sich neben uns. Seine Hände befummelten mich erst am Arm, drängten sich dann aber zwischen Fabian und mich. Ich bekam eine Gänsehaut, als er meine Brustwarzen zwickte, bevor seine Finger langsam hinunter wanderten. Als Fabian mir lustvoll in den Mund stöhnte, ahnte ich, wo Juan ihn gerade berührte. Kurz darauf spürte ich seine Finger auch an meinem Schwanz. Es war einfach unglaublich, die Hände eines Dritten zu spüren, während man den eigenen Freund küsste.

Irgendwann schob Juan den Kopf zwischen unsere. Das war irgendwie lustig, plötzlich eine dritte Zunge im Spiel zu haben. Wir gaben uns alle Mühe, aber letztlich funktioniert so ein Kuss zu zweit noch am besten.

»Ich darf doch, oder?«, fragte Juan und zog Fabian auf sich. Ich nickte und mein Freund zögerte auch keine Sekunde, sich rittlings auf den Barkeeper zu schwingen. Erregt sah ich dabei zu, wie sie sich küssten. Ihre Zungen spielten miteinander und Juans dunkle Hände strichen immer wieder über Fabians hellen Hintern. Es sah einfach nur heiß aus. Trotzdem störte mich etwas an diesem Bild. Ich versuchte, das Gefühl zu ignorieren, das sich klammheimlich als Eifersucht heranschlich. Ich hatte mit Juan gerade selbst herumgeknutscht, warum sollte Fabian das nicht ebenfalls genießen dürfen? Ich rückte ein wenig näher und berührte beide. Es kam mir ziemlich blöd vor, ausgerechnet jetzt eifersüchtig zu werden. Aber es machte mich nervös, Fabian so zu sehen, verloren in den Küssen eines anderen, und ich stand außen vor. Als Juan seine beachtliche Latte lustvoll gegen den Hintern meines Freundes schob und der auch noch darauf reagierte, wollte ich unser Experiment am liebsten abbrechen. Stattdessen ließ ich mich auf die Knie nieder und nahm Juans Schwanz in die Hand. Zumindest das konnte ich unauffällig verhindern, dass er mit seiner feuchten Eichel in Fabians Ritze herumrutschte. Darauf hatten Fabian und ich uns geeinigt: nur aktiv. Alles andere wäre so, als ob jemand einen in Besitz nehmen würde. Aber mein Freund gehörte nur mir!

Juans Schwanz lag echt gut in der Hand. Kaum hatte ich ihn in den Mund genommen, verschwanden meine Bedenken. Juan schmeckte leicht salzig und seine Eichel war dick und prall. Mit meiner freien Hand griff ich zwischen Fabians Beine und kraulte dessen Eier. Ich hätte mich gern ein wenig intensiver mit meinem Freund beschäftigt, aber ich wollte Juans Schwanz nicht loslassen. Er sollte nicht denken, dass er heute derjenige war, der einen von uns abschoss.

»Kannst du eigentlich gut blasen?«, fragte ich daher und zog Fabian von dem Barkeeper runter.

Juan grinste. »Hat sich noch keiner beschwert …«

Die Arme umeinandergelegt, standen wir vor dem Latino und reckten ihm die Steifen entgegen. »Da wollen wir uns doch lieber selbst von überzeugen.«

Juan beugte sich vor und ergriff unsere Latten. »Wer die Wahl hat, hat die Qual!« Er seufzte gespielt und leckte abwechselnd über die Eicheln. Dann nahm er mal meinen und kurz darauf wieder Fabians Schwanz in den Mund.

»Na ja …«, sagte ich kritisch.

»Hallo? Zwei gleichzeitig ist ja nun auch eine Aufgabe!«

»Von gleichzeitig habe ich nichts gespürt. Du etwa, Schatz?«

»Nein, nichts …« Fabian zog mich enger an sich und drängte seine Stange in Juans Mund. »Na los! Zeig mal, was du kannst!«

Ich presste meine Eichel ebenfalls gegen Juans Mund und der versuchte, mit beiden Schwänzen fertigzuwerden. Sah aber eher witzig aus, als dass es sich gut anfühlte. Vor allem, da Fabian und ich einen kleinen Vormachtsstreit ausfochten und uns nur schwer das Lachen verkneifen konnten.

»Komm«, sagte ich schließlich, »wollen wir ihn erlösen?«

Fabian zögerte. »Na gut.« Er klang ein wenig unwillig. Ich küsste ihn und für einen Moment waren wir ganz privat. Er seufzte lustvoll, während ich meine Hände über seinen Oberkörper wandern ließ. Seine Zunge fuhr wild in meinem Mund herum und er stöhnte mir immer lauter entgegen. Gerade, als ich mich von ihm lösen wollte, um zu gucken, was denn los war, spürte ich, wie sich ein Mund über meinen Schwanz schob. Es fühlte sich verdammt gut an, warm und feucht. Eine vorwitzige Zunge umspielte meine empfindliche Spitze, fuhr flatternd meinen Schaft entlang. Nun war ich es, der erregt die Luft einsog. Meine Hand krallte sich unwillkürlich in Fabians Hintern, über den ich gerade gestreichelt hatte. Eine heiße Welle der Lust durchflutete mich. Okay, jetzt wusste ich, was Fabian da so gefallen hatte.

»Und?«, fragte Juan. »Zufrieden?«

»Kann man – so hinnehmen ...«

Juan lachte. »Auf den Trick falle ich nicht rein! Mich hier schlechtmachen, damit ich noch länger auf den Knien bleibe! Ich hab gezeigt, was ich kann und mach sicher nicht bis zum Schluss weiter!«

»Schade aber auch.« Ich grinste. »Dann muss ich jetzt wohl oder übel deine anderen Qualitäten austesten ...«

»Welche sollen das bitte sein?«

Ich drückte Juan auf die Couch. »Sei nicht so neugierig. Wir sind ja nicht so und revanchieren uns auch, nicht wahr Schatz?«

»Klar.« Fabian ließ sich mit mir vor Juan auf die Knie. Wir beugten uns wie einstudiert über Juans Schwanz.

»Premiere.« Fabian grinste und wir leckten gleichzeitig den Steifen, bis unsere Zungen sich an der Spitze trafen. Juan stöhnte leise auf.

»Ja, so ist gut, Jungs«, murmelte er zufrieden und legte uns die Hände auf die Köpfe.

»Jetzt mal nicht frech werden.« Ich löste mich aus dem Zugriff und wand mich an meinen Freund. »Willst du ihn ficken, oder darf ich?«

»Ficken?« Juan war überrascht.

»Ja.« Ich nickte. »Dafür sind wir doch hier, oder?«

»Ich – also ...«

Ich hatte mir schon gedacht, dass Juan eher auf den aktiven Part stand. Aber nicht mit uns. Entschlossen hob ich seine Beine an und schob mich zu ihm hoch. Bevor er etwas sagen konnte, küsste ich ihn tief. Es dauerte nicht lange, bis er seinen Widerstand aufgab und die Beine um mich schloss.

»Na, dann wäre die Frage wohl geklärt.« Fabian kramte murrend in seinen Klamotten. Ich wusste, dass mein Freund den Barkeeper ebenfalls gern flachgelegt hätte. Aber er ging ja nicht leer aus. Kurz darauf kniete er auch schon hinter mir. Es lag in der Natur dieser Position, dass ich gleichermaßen hinhalten durfte. Das machte mir allerdings nichts aus. Ich musste unbedingt wissen, wie es war, in der Mitte zu liegen. Irgendwie wollte ich auch nicht, dass Fabian Juan so nah war.

Ich spürte Fabians Finger an meinem Hintern. Er verrieb das Gleitgel zwischen meinen Pobacken. Offenbar wusste Juan, was da vorging, denn seine Hände glitten zu meinem Arsch und zogen die Backen auseinander. Ich versuchte mich zu entspannen, mich ganz auf die Küsse zu konzentrieren, als Fabian seine Finger in mich gleiten ließ und mich langsam weitete. Es dauerte eine Weile, bis ich bereit war. Fabian kannte das schon und ließ sich entsprechend Zeit. Jetzt war Juan dran. Ich löste mich von ihm und nahm das Gleitgel. Da der Latino wohl auch nicht oft den Hintern hinhielt, gab ich ihm die Möglichkeit sich an meine Finger zu gewöhnen. Es war ein unbeschreibliches Gefühl, vom Gleitmittel getragen ganz vorsichtig meinen Zeigefinger in das Loch zu drücken. Juan umschloss mich so fest, dass ich mir sicher war, dass er sonst nur aktiv bumste. Blöd für ihn, dass ich endlos geil auf den Fick war. Ich hätte am liebsten ohne Warterei losgelegt. Aber das ging ja nicht. Dafür spürte ich, wie Fabian hinter mir ebenso nervös wurde. Entschlossen nahm ich Juans Schwanz und massierte ihn. Vielleicht konnte ich ihn damit ein wenig von meinem Finger ablenken.

»Verdammt«, keuchte mein Freund. Ich schaute ihm über die Schulter in die Augen. Als Antwort reckte ich ihm meinen Arsch hin. Er sah geradezu erleichtert aus. Fahrig griff er sich eins der Kondome, die er aus seiner Hose geholt hatte, und zog es sich drüber, während ich mich wieder Juan widmete. Der Latino hielt die Augen geschlossen und schien sich voll und ganz darauf zu konzentrieren, den Schließmuskel zu entspannen. Kurzentschlossen nahm ich Juans Stange in den Mund und lenkte ihn noch ein bisschen mehr ab. Tatsächlich fühlte ich, wie er sich langsam löste. Gleichzeitig drückte sich Fabian gegen mich. Jetzt war ich es, der sich entspannen musste. Ich hielt einen Moment inne, konzentrierte mich auf den Schwanz meines Freundes. Schließlich spürte ich, wie er die enge Stelle passierte und sich gemächlich in mich schob. Dann blies ich Juan weiter. Der spreizte sogar die Beine etwas mehr. Ich verstand die Geste als Einladung und zog mich kurz aus ihm zurück, nur um mich darauf mit zwei Fingern in ihn zu drücken. Juan schnaufte heftig und ich lutschte schnell wieder seine Latte. Wild fuhr ich mit meiner Zunge um die Eichel, während ich meine Finger unnachgiebig vorantrieb. Fabian presste sich gegen mich und stieß mich, weil er es wohl nicht länger aushielt. Ich keuchte mit Juans Schwanz im Mund und schob meine Finger tiefer, sodass auch der laut aufstöhnte.

»Boah, ich kann nicht mehr«, keuchte Fabian und fing an, sich in mir zu bewegen. Er hielt mich an den Hüften fest, damit ich nicht entkommen konnte. Dafür hatte ich nun Schwierigkeiten, meine Arbeit an Juan konzentriert fortzuführen. Fabian stieß mich ein Stück vorwärts und die Latte glitt mir aus dem Mund. Dann drängte er nach und ich lag plötzlich halb auf Juan drauf. Ein weiterer Stoß, diesmal bedeutend kräftiger, ließ mich aufschreien.

»Hey! Warte kurz!« Ich schob meinen Freund weg. Auch meine Finger zog ich aus Juans Loch zurück. Mein Blick richtete sich auf den Latino, der schwer atmend vor mir lag.

»Bist du bereit?«, fragte ich.

»Ja, komm!« Er zeigte mir seine Rosette. Eilig verteilte ich noch eine Portion Gleitgel darauf, glitt wieder mit dem Finger hinein und fickte ihn ein bisschen.

Juan stöhnte auf. »Verdammt mach schon! Ich will dich endlich spüren!«

»Ja, Mann!« Ich griff mir hastig eins der Kondome, aber es rutschte mir aus den glitschigen Fingern.

»Lass mich!« Fabian riss die Tüte auf. Gekonnt setzte er mir das Gummi auf die Schwanzspitze und rollte ab. Zum Schluss noch etwas Lube drauf und …

»Viel Spaß!« Fabian grinste. Ich sah in seinem Blick kein bisschen von Eifersucht. Fast bekam ich ein schlechtes Gewissen, weil ich meine Gefühle da weniger gut unter Kontrolle hatte. Ob er mich vielleicht nicht so richtig liebte? Ich schüttelte den Gedanken ab. Das war definitiv eine Baustelle für später. Jetzt ging es erst mal darum, Löcher zu stopfen.

Ganz zittrig vor Vorfreude drückte ich Juans Beine hoch, so dass sie über meinen Armen lagen. Er biss sich erwartungsvoll in die Unterlippe, als ich endlich meinen Schwanz ansetzte. Verdammt, der Kerl sah einfach nur sensationell aus. Ausgerechnet in diesen Macho würde ich mich nun versenken!

»Los!«, forderte er mich auf, aber ich sah in seinen Augen die stumme Bitte, vorsichtig zu sein.

Unendlich langsam drängte ich mich vor. Es hatte erst den Anschein, als wollte sein Schließmuskel trotz aller Vorbereitung nicht nachgeben, doch dann rutschte ich plötzlich in ihn. Er zuckte zusammen, sog scharf die Luft ein.

»Hölle …« Ich musste all meine Kräfte aufwenden, um nicht zu eilig vorzupreschen. Wieder bearbeitete ich Juans Schwanz, massierte ihn in schnellem Rhythmus, damit ich mich ganz vorsichtig vorschieben konnte. Dann war ich endlich in ihm drin. Ich beugte mich vor, küsste ihn, als ob ich ihn belohnen wollte und Juan reagierte, indem er sich um mich klammerte. Das war der Startschuss. Augenblicklich spürte ich Fabians Hände, die sich an meinem Hintern zu schaffen machten. Kurz darauf drang er erneut in mich ein, viel ungestümer, als beim ersten Mal. Mit einem Ruck war er vollkommen in mir und fing sofort mit lustvollen Stößen an. Ich ächzte Juan hemmungslos in den Mund. Juan stöhnte ebenfalls, denn durch Fabians Bewegungen konnte ich meinen Schwanz nicht völlig still halten. Mit jedem Stoß, den ich einsteckte, trieb auch ich mich ein bisschen weiter vor.

»Los, fick mich!«, raunte mir Juan zu.

»Was flüstert ihr da?« Fabian zog sich kurz aus mir zurück, um sich mit aller Kraft wieder in mich zu versenken. Ich schrie auf und meine Latte zuckte und pumpte vor Lust. Juan seufzte und verdrehte die Augen, weil er wohl meine Regungen in sich spürte.

»Juan sagt, ich soll ihn ficken!«

»Ach so, worauf wartest du dann?«

»Ich wollte ja gerade loslegen, aber …«

»Gott, Leute, bitte nicht ausgerechnet jetzt Ehestreit. Erst ficken, danach könnt ihr machen, was immer ihr für richtig haltet!«

Fabian lachte. Mir allerdings wurde klar, dass mein Freund auch nicht ganz ohne Bedenken hier mitspielte. Ich freute mich ein wenig darüber und beschloss, Juan ab sofort nicht mehr zu küssen. Es musste für Fabian schlimm genug sein, dass der Latino und ich uns in die Augen schauen konnten, während er selbst nur meine Rückansicht vor sich hatte.

»Los jetzt!«, trieb Juan uns an.

Das ließ ich mir nicht zweimal sagen. Erleichtert begann ich mein Becken zu bewegen, versuchte, Fabians Takt zu übernehmen, sodass wir einen gemeinsamen Rhythmus fanden. Allmählich stieß ich fester zu. Fabian hielt sich schließlich zurück und überließ mir die Arbeit. Mir fiel auf, dass Juan ständig an mir vorbeisah. Das war mir nur recht, so wurden wir nicht zum Küssen verleitet und ich konnte mein heimliches Versprechen Fabian gegenüber einhalten.

Ich konzentrierte mich wieder auf den Fick. Für mich taten sich Welten auf, eingekeilt zwischen zwei geilen Kerlen. Wann immer ich mich aus Juan zurückzog, schob ich mich auf den Schwanz meines Freundes. Sobald ich zustieß und Juan meine Härte spüren ließ, rutschte Fabian fast vollständig aus mir heraus. Es war der optimale Abstand und der ultimative Kick. Immer schneller bewegte ich mich hin und her. Ich hätte mir das Gefühl im Traum nicht vorstellen können. Es übertraf alles, was ich mir zu erwarten erlaubt hatte.

Juans Hand rieb unablässig zwischen uns. Ich traute mich kaum, einen Blick auf seinen Schwanz zu werfen, weil mich der Anblick zusätzlich anheizen und womöglich zum Überkochen bringen würde. Also schaute ich ihn an, wie er an mir vorbeischaute. Kurz wandte ich meinen Kopf nach hinten, um seinem Blick zu folgen. Da stand Ahmed, nackt und ebenfalls wichsend. Das war zu viel. In mir baute sich ein Kribbeln auf, von dem ich wusste, dass ich es nicht mehr unter Kontrolle bekommen konnte, wenn … Ich verlangsamte sofort meine Stöße, aber Fabian drängte unaufhaltsam nach, trieb sich immer wieder hart in mich. Mann, ich sollte ihn wirklich mal öfter ranlassen, der musste sich ja richtig austoben!

In dem Moment stöhnte Juan verdächtig auf. Ich bemerkte weiße Spritzer auf seiner Brust. Die Muskulatur schloss sich zuckend um meinen Schwanz, den ich eigentlich gar nicht mehr bewegen wollte. Dann ein weiterer Schuss geradewegs in Juans Gesicht. Ich sah die milchige Flüssigkeit auf seiner Lippe. Er hatte sich tatsächlich selbst in den Mund gespritzt! Nun leckte er auch noch den Rest ab, während er stöhnend und krampfend unter mir lag. Ein Anblick, der allein schon reichte, um mich zum Höhepunkt zu treiben. Dazu kam noch Fabian, dessen Becken immer härter gegen meinen Arsch knallte, als ob er mich bestrafen wollte …

Ich hielt es nicht mehr aus. Das Kribbeln war plötzlich überall und ich hatte keine Chance, es zurückzuhalten. »Oh, Scheiße!«, schrie ich, weil ich ja eigentlich nicht wollte, dass dieser Dreier jemals endete. Aber da war nichts zu machen. Mit einer unglaublichen Intensität flutete der Orgasmus die Schleusen, überrollte alles und ließ mich mit einem Feuerwerkt vor Augen unkontrolliert zucken. Juans schwächer werdende Kontraktionen umschmeichelten meinen pulsierenden Schwanz. Fabian hämmerte unvermindert in mich hinein und traf dabei ständig einen Punkt in mir, der weitere Schübe von Sperma aus meiner Stange trieb. Mein Freund keuchte hilflos, würgte mich beinahe, während sich mein Loch in endlosen Zuckungen um ihn zog. Dann war auch er so weit. Mit langen, kraftvollen Stößen beendete er den Fick und brach auf mir zusammen. Ich lag auf Juans spermaverschmierter Brust und hatte keine Kraft, mich zu bewegen. Ich spürte nur das letzte Pulsieren meines Schwanzes in dem Latino und ebenso das von

Fabians Latte in meinem Arsch. Es war der Wahnsinn und auch jetzt noch unglaublich schön.

* * *

Irgendwann hauchte Fabian in mein Ohr: »Ich liebe dich.«

Ich lächelte selig.

Wir rappelten uns schließlich auf. Juan schien allerdings vollkommen weggetreten zu sein. Ich fasste mir ein Herz und half ihm, sich wenigstens richtig auf die Couch zu legen. Er schlief augenblicklich ein.

»Was hat er?« Fabian klang besorgt.

»Anstrengenden Sex gehabt?«

»Was? Der musste doch nur still liegen. Das war wohl kaum Arbeit, oder?«

»Nach so einem stressigen Arbeitstag kann auch passives Vögeln müde machen.«

»Woher willst du das wissen?«

»Hallo? Ich bin sehr wohl ab und zu der Fänger!«

»Ja, weiß ich doch, auch wenn's nicht gerade oft ist.«

»Siehst du …«

»Und woher kennst du dich mit stressigen Arbeitstagen aus?«

»Arschloch!«

»Ja, genau das darfst du mir ab sofort öfter machen. Ich bin nämlich ganz gern Werfer, weißt du?«

Ich grinste und nahm meinen Freund in die Arme. Für eine Antwort war ich zu müde. Ich freute mich aufs Bett. Allein mit meinem Schatz. Unser Experiment war zwar sensationell gewesen, aber irgendwie hatte es sich hier und da auch komisch angefühlt. Ich wollte jetzt nur nach Hause und schlafen. Leider lag noch eine kleine Strecke vor uns. Neidisch sah ich zum nackten Juan hinüber.

Ein paar Minuten später hatten wir unsere Sachen vom Boden aufgefischt und standen einigermaßen ordentlich angezogen im Flur. Ahmed kam zu uns und grinste.

»Und?«

»Du hättest ruhig mitmachen können.«

Er zuckte mit den Achseln. »Vielleicht beim nächsten Mal.« Er machte uns die Tür auf. »Kommt gut nach Hause.«

Draußen küssten Fabian und ich uns zärtlich. Dann fragte auch er: »Und?«

»Absolut geil!«

»Eifersüchtig gewesen?«

Ich zögerte.

»Komm, ich hab's gemerkt!«

»Ein bisschen vielleicht«, gab ich zu. »Aber du auch, oder?«

Er lächelte. »Ein bisschen vielleicht.«

»Wir können uns für die nächste Runde ja ein wenig Zeit lassen ...«

»Die nächste Runde?«

»Als ich im Club auf Juan warten musste, kamen zwei geile Typen zu mir. Ein Pärchen. Sie meinten, dass sie uns im Frühjahr beim Sex hinter dem Club beobachtet hätten.«

»Was?« Fabian riss überrascht die Augen auf. Offenbar war es ihm peinlich.

»Keine Sorge, die gefallen dir bestimmt. Außerdem habe ich eine Revanche ausgehandelt. Das nächste Mal dürfen *wir* zugucken.«

Fabian sah mich ungläubig an. »Ein Vierer?«

Ich lachte. »Wird wahrscheinlich das Ergebnis sein ...«

Er schlug mir auf die Schulter. »Wenn ich dich nicht so lieben würde!«

»Ach, komm schon. Wenn du gleich wieder flott im Schritt bist, findest du die Idee geil.«

»Verdammt, du kennst mich!« Er zog den Helm über. »Los! Ich will nach Hause!«

»Schlafen?«

»Jetzt noch, aber bis wir da sind, kann ich dich vielleicht nochmal ficken!«

»Du Hengst!« Ich stieg grinsend auf das Motorrad.

ROLLENVERTEILUNG

Ich konnte noch immer nicht fassen, dass mich zwei meiner absoluten Traumboys in meiner eigenen Wohnung überfielen. Aber jetzt, da sich Nick in mir bewegte, während sein blonder Freund ihn ebenfalls fickte, spürte ich die Realität ziemlich hart. Gewöhnlich übernahm ich ja beim Sex den aktiven Part. Mein Schließmuskel war auf einen solchen Übergriff nicht vorbereitet. Wie käme ich allerdings dazu, mich den Wünschen der beiden zu widersetzen? Nick, mein Stecher, hatte mich in der Bar aufgegabelt und mit dem Motorrad überraschend zu mir nach Hause gefahren. Die ganze Zeit über war ich zwischen Geilheit und Sorge hin- und hergerissen gewesen, weil ich nicht wusste, wie Ahmed reagieren würde. Zu meinem Erstaunen empfing uns jedoch nicht mein Freund, sondern ausgerechnet Fabian, der mich vor Wochen in der Bar schon um den Verstand gebracht hatte. Seit dem Quickie letztens in der Hausgasse bekam ich auch Nick nicht mehr aus dem Kopf. Er hatte mich zwar nicht zu einem spontanen Dreier eingeladen, doch in seinen Blicken hatte neben der Lust ein Versprechen gelegen. Genau das lösten er und sein Freund heute Nacht ein. Überraschenderweise hier auf meiner eigenen Couch!

Wo war eigentlich Ahmed?

Noch bevor ich den Gedanken zu Ende bringen konnte, stieß Nick tief in mich und es zog schmerzhaft in meinem Unterbauch. Meine Rosette war zum Bersten gespannt. Aber ich verkniff mir einen Aufschrei, verzog nur das Gesicht.

Nick grinste, weil er wohl mitbekam, dass er mir ganz schon was abverlangte. Offenbar war im klar, dass ich mich nicht in meiner üblichen Position befand. Doch als er sich eine Weile in mir bewegt hatte, wich das unangenehme Gefühl einer unbändigen Lust. Meine beiden Verführer hatten sich abgesprochen und festgelegt, wer welche Rolle einnahm. Für mich gab es da kein Mitspracherecht. Ich war im Grunde auch vollkommen zufrieden, dass ich überhaupt von den Jungs mit einbezogen wurde – endlich.

Nach all den schmachtenden Blicken und Fantasien letztlich die Erlösung. Da hielt man gern mal den Arsch hin, wenn es sein musste.

Ich stöhnte laut, als Nick wieder ein Stück tiefer kam. Diesmal war es ein lustvoller Schmerz und mein Gegenüber schien es zu merken. Er legte den Kopf in den Nacken, schloss die Augen und seufzte wohlig, während er seine Stöße mit denen seines Freundes ausglich. Fast war ich ein wenig neidisch. Im Sandwich zwischen zwei geilen Kerlen zu liegen, war wohl der Traum eines jeden Schwulen. Bislang hatte sich das für mich noch nicht ergeben, aber ich wollte zu gern wissen, wie sich das anfühlte. Es musste unglaublich sein, gleichzeitig zu ficken und gefickt zu werden.

Am Rande meines Blickfeldes bewegte sich plötzlich etwas. Ich sah an den Jungs vorbei zur Tür. Sie war bloß angelehnt und im Spalt entdeckte ich Ahmed. In einem ersten Impuls wollte ich aufspringen, aber Nick hielt meine Beine fest, um sich besser in mich zu versenken. Es dauerte zwei Sekunden, bis ich begriff, dass Ahmed uns nicht erwischt hatte, sondern spannte. Vorsichtig schob er die Tür ein Stück weiter auf. Er war nackt und zeigte mir seinen Steifen, den er rhythmisch massierte. Ich stöhnte laut auf. Damit fiel auch die letzte Unsicherheit von mir ab. Ich ließ mich fallen, hob meinen Arsch den Stößen entgegen, während ich zu Ahmed hinübersah.

Nick verlangsamte seine Bewegungen nach einer Weile, dafür trieb Fabian ihn immer wieder hart gegen mich. Ich beobachtete das Flattern von Nicks Augenliedern und wusste, dass er jeden Moment so weit war. Schweißperlen fielen von seiner Stirn auf meinen Bauch. Der Blonde hämmerte wie wild in ihn hinein. Ich wichste meinen Schwanz schneller, brachte mich kurz vor den Orgasmus und sah erneut zu Ahmed hinüber. Er fing meinen Blick auf und leckte sich die Lippen. Unvermittelt spritzte er ab. Ich sah die weißen Fontänen durch die Luft auf den Boden fliegen. Jetzt gab es für mich ebenfalls kein Halten mehr. Ich spreizte meine Beine noch weiter und reizte mich mit ein paar kräftigen Handbewegungen über die Klippe. Es war unglaublich, als ob ich schwebte. Ich spürte Nicks Härte in mir, die vor Erregung heiß pumpte. Bei jedem seiner Stöße schoss ich mir einen weiteren Schub Sperma auf die Brust. Ein Spritzer fand sogar den Weg in meinen Mund. Ich schmeckte mich, herb und salzig.

Mein Schließmuskel zog sich immer wieder fest um Nick. Ich sah, wie ihn das fertigmachte. Zitternd schrie er: »Oh, Scheiße!«

Ich fühlte, wie er kam, wie seine Latte wild zuckte. Sein ganzer Körper zitterte und das Pulsieren in mir ließ nicht nach. Dann kam wohl auch der

Blonde. Erschöpft brach Nick auf mir zusammen. Ich blickte zum Türspalt, doch Ahmed war verschwunden. Eigentlich wollte ich gern zu ihm, aber ich war zu schwach. Immerhin wusste ich, dass zwischen uns alles okay war.

Als sich Nick erhob und sich langsam aus mir herauszog, glitt ich bereits in einen leichten Dämmerschlaf. Der Abend im Club hatte mich höllisch angestrengt. Dazu noch dieser unglaubliche Fick. Ich war definitiv zu müde, um meine Entführer jetzt zu verabschieden und selbst ins Bett zu gehen.

Nur am Rande bekam ich mit, dass die beiden die Wohnung verließen. Ich rekelte mich auf der Couch und sank schließlich ganz in einen Schlaf. Keine Ahnung, wie lang ich wirklich weg gewesen war, aber irgendwann stand Fabian wieder vor mir.

»Lust auf einen Nachschlag?«

Ich grinste breit. Wie er zurück in die Wohnung gekommen war, interessierte mich genauso wenig wie vorhin. Hauptsache, er war da. Generell fand ich Nick anziehender, weil er eher in mein Beuteschema passte, Fabian jedoch faszinierte mich schon vom ersten Tag an, als er in der Bar aufgetaucht war. Er sah mir eigentlich viel zu jungenhaft aus, war zu klein und schmächtig gebaut. Aber sein Gesicht glich einem Kunstwerk. Selten habe ich solche Schönheit gesehen. Genau jetzt schien er regelrecht zu strahlen.

»Ich kann dich doch nicht einfach hier liegen lassen – nackt und mit einem Ständer.«

Ich sah an mir hinunter. Tatsächlich. Mein Rohr hatte sich schon wieder zur vollen Größe aufgerichtet. Dazu Fabians bezauberndes Lächeln.

»Blas mir einen!«, forderte ich ihn auf und beobachtete fasziniert, wie er sich zwischen meine Beine niederließ. Mein Schwanz zuckte erwartungsvoll. Ja, diesmal würde ich derjenige sein, der fickte. Von Nick genommen zu werden, erschien mir noch einigermaßen logisch, weil er groß und kräftig war. Aber Fabian wollte ich vernaschen, dabei sein hübsches Gesicht betrachten. Ich würde auf jedes Zucken achten, jedes lustvolle Stöhnen und verzückte Blinzeln.

Dann spürte ich den heißen Mund um meine Eichel. Ich seufzte erleichtert auf. Ja, endlich schlossen sich diese zärtlichen Lippen um mich, spielte seine Zunge um meine Schwanzspitze. Ich hob gierig das Becken an, um ihm entgegenzukommen. Ich drängte tiefer. Doch Fabian kam meinem Wunsch nicht entgegen. Frech entzog er sich und ließ die Zunge sanft an meinen Schaft auf und ab gleiten. Offenbar wollte er mich erst richtig aufgeilen. Aber ich befand mich trotz des Dreiers gerade längst wieder unter Hochspannung.

»Los, nimm ihn in den Mund!« Ich drückte meinen Schwanz zu Fabian hin. Mit der linken Hand griff ich in das blonde Haar und zog ihn in Position. Ich streifte mit der Schwanzspitze über die Lippen und verteilte meinen Vorsaft auf ihnen. Fabian ließ mich allerdings nicht hinein. Also presste ich meine Eichel gegen ihn.

»Los!« Ich hob und senkte mein Becken, um ihm meine Latte schmackhaft zu machen. Neckisch streckte er lediglich die Zunge heraus, um mal kurz meine Stange anzustupsen. Verdammt, ich wollte mich zwischen diese weichen Lippen schieben! Musste die herrliche Hitze spüren, das schmetterlingsgleiche Flattern. Ich wusste, dass er hervorragend blasen konnte. Aber dabei zuzusehen, wie mein Steifer in dieses schöne Gesicht verschwand, war einfach nur geil.

»Fabian!« Sogar ich hörte die Sexgier und das verzweifelte Verlangen in meiner Stimme.

»Fabian?«, fragte er zurück.

Ich hielt irritiert inne. Die Stimme klang seltsam. Irgendwie fühlte sich das Haar in meiner Hand plötzlich auch viel zu kurz an. Erschrocken riss ich die Augen auf und sah Ahmed, der grinsend zwischen meinen Beinen lag.

»Da hat's dir wohl einer angetan, was?«

Obwohl ich noch ganz benommen war von meinem Nickerchen, wurde ich sofort rot. Das war doch so ziemlich das Peinlichste, was einem während des Sex passieren konnte: den falschen Namen stöhnen.

»Tut mir leid.« Ich wollte mich aufrichten. »Ich hab gepennt und …«

Ahmed drückte mich wieder zurück. »Reg dich ab! Wie lange kennst du mich jetzt eigentlich?«

Ich ließ mich nach hinten fallen und entspannte mich langsam. Da hatte er natürlich recht. Wir lebten schon eine ganze Weile zusammen und inzwischen hatten wir eine Beziehung, wenn auch eine sexuell offene. Allerdings kam es tatsächlich nicht häufig vor, dass ich mir neben ihm andere Abenteuer gönnte. Wahrscheinlich hatte ich deshalb immer die Sorge, dass das mit uns nicht funktionierte. Aber von Ahmeds Seite hatte ich keine Besitzansprüche zu befürchten, mit denen ich nicht klarkam. Er war schließlich auch vorhin nicht ins Zimmer gestürmt und hat eine Szene gemacht. Keine bösen Blicke, keine Vorwürfe oder Zickereien. Still hatte er hinter der Tür gestanden und sich ebenfalls Befriedigung verschafft. Trotzdem war es mir unangenehm, dass mein Freund mir so in den Kopf schauen konnte, dass er wusste, dass ich heimlich von dem Blonden träumte.

»Der Kleine sieht ja auch heiß aus.« Ahmed legte sich auf mich. Unsere Schwänze rieben sich hart aufeinander, während er an meinem Ohr knabberte und leise nuschelte: »Wenn die beiden das nächste Mal hier sind, mache ich mit, okay?«

»Ich bin mir sicher, die Jungs hätten nichts dagegen gehabt, dich heute schon näher kennenzulernen.«

»Nein, heute war ein Geschenk für dich.«

»Ein Geschenk?«

»Na, du schwärmst doch schon ewig für die zwei. Das seh ich jedes Mal, wenn sie in der Bar sind. Und du weißt ja, dass sich dein Schwanz recht deutlich abmalt bei den engen Hosen, oder?«

Ich lachte verlegen. »Na ja, okay, die sind halt heiß. Aber ich verstehe das mit dem Geschenk noch immer nicht.«

»Was glaubst du denn, wer Fabian in die Wohnung gelassen hat?« Ahmed grinste. »Die beiden haben mich vor einer Weile angesprochen, ob wir nicht mal zu viert was *unternehmen* könnten. Da kam mir die Idee, diesen Abend für dich zu arrangieren.«

»Du – du Hund! Ich hab mich schon gewundert!«

»Ihr saht wirklich geil aus.« Ahmed machte ein paar Stoßbewegungen und ließ seine Latte über meine rutschen. Zwischen uns glitschte mein Sperma von vorhin und ich lenkte das Thema wieder auf eine erotischere Ebene.

»Beim nächsten Mal liegst du dann unten?«, hauchte ich ihm ins Ohr.

»Noch so ein versauter Traum von dir?«

»Ja, ich ficke dich und habe gleichzeitig Nicks Schwanz in mir.«

»Von mir aus kannst du dich ja von Nick bumsen lassen«, sagte Ahmed, »aber ich nehme mir Fabians Arsch vor!«

Erstaunt sah ich ihn an. Bislang war er beim Vögeln stets passiv gewesen.

»Was ist?« Er schob die Arme unter meine Kniekehlen. Plötzlich lag ich in der gleichen Position da, wie vorhin bei Nick. Ich spürte seine Schwanzspitze an meinem Loch.

»Hey! Was soll das?«

»Rollentausch!« Er grinste mich frech an und zückte ein Kondom. »Jetzt, da du eingeritten bist, macht dir das doch nichts aus, oder?« Er zog sich den Gummi über.

Ich zweifelte. Eigentlich wollte ich nicht … Aber dann fühlte ich auch schon die Eichel an meinem Eingang. Warum nicht? Ich küsste ihn und Ahmed stieß sein Becken vor. Mein Loch war noch gedehnt und feucht, sodass er mühelos reinkam. Er versenkte sich gleich zur Gänze in mir.

Überrascht schrie ich auf. »Ah! Warte!«

»Tut's weh?« Er zog sich besorgt wieder zurück.

Ich schüttelte den Kopf. »Nein, aber du hättest mir ja ruhig mal sagen können, dass du …«

Ahmed lachte. »Für dich halte ich gern hin. Für deine Macho-Ehre …«

»Latino halt!«

»Hallo? Ich bin Türke! Also Türke fickt Latino, definitiv!«

»Träum weiter!«

Im selben Moment schrie ich wieder auf, weil er nachstieß.

»Verdammt!« Ich vergrub meine Finger in seine strammen Arschbacken und presste ihn enger an mich.

Ahmed grinste. »Pech gehabt. Seit heute weiß ich ja, dass deine Kiste auch einen Bums verträgt.«

Ich sah ihn erstaunt an. »Sag mal, war das etwa deine Idee, dass ich unten liegen musste?«

»Och …« Ahmed zuckte mit den Achseln und begann, sich in mir zu bewegen, als wollte er ablenken.

»Ahmed!«

»Nicht Fabian? Du kennst also doch meinen richtigen Namen!« Er grinste.

»Du bist ein ganz schön durchtriebenes Aas!«

»Und du träumst anstatt von mir von Fabian. Ich würde sagen, wir sind quitt! Außer natürlich …«

Irgendwie gefiel mir das gerade gar nicht. »Außer?«

»Außer, dass du ab sofort beidseitig bespielbar bist, mein Freund.« Mit diesen Worten legte er los und trieb seinen Schwanz in wildem Rhythmus in mein Loch. Ich kam gar nicht dazu, ihm noch etwas zu antworten. Gnadenlos drückt er mir die Knie bis fast neben meine Ohren und preschte immer härter in mich hinein. Mir blieb nichts anderes übrig, als halb erstickte Schreie hervorzupressen. Aber Ahmed gab nicht nach. Damit waren auch meine Beziehungssorgen wieder vergessen. Ich lernte gerade eine ganz neue Seite an meinem Freund kennen und – es gefiel mir. Ich mochte es, dass er den Macho raushängen ließ. Tatsächlich war er weitaus stärker, als ich vermutet hätte. So sehr hatte ich vorhin nicht mal bei Nick stöhnen müssen.

Eine kleine Ewigkeit später war er es, der aufschrie. Mit einem gewaltigen letzten Stoß versenkte er sich in mir und spritzte unter heftigen Zuckungen ab. Ich spürte, wie sein Schwanz in mir pulsierte. Sein ganzer Körper stand unter Spannung. Ich hatte das Gefühl, dass sein bestes Stück immer größer wurde und tiefer in mich vordrang, so hart presste er sich gegen mich.

Zufrieden beobachtete ich sein Gesicht, das vor Anstrengung, Geilheit und vom Orgasmus verzerrt war. Es dauerte eine Weile, bis die Züge sich wieder entspannten. Doch es verwandelte sich nicht völlig in das zarte Jungengesicht zurück, das ich kannte. Ein Hauch des Machos, der mich gerade brutal und hemmungslos gefickt hatte, blieb. Tatsächlich gefiel mir der neue Ahmed etwas besser. Ich zog ihn zu mir herunter und küsste ihn lange.

* * *

Irgendwann ließ er meine Beine von seinen Schultern gleiten und erleichtert schlang ich sie um seine Hüften, um ihn nicht aus mir hinausgleiten zu lassen. Es fühlte sich so gut an, Ahmeds Körper so zu spüren, ihn so nah zu wissen, seine Wärme, sein Atem …

Ich küsste ihn erneut und dann passierte es: »Ich liebe dich.«

Ahmed kicherte.

Einigermaßen schockiert hielt ich inne. Dann fragte ich gereizt: »Was ist so witzig?« Ich fühlte mich mit diesem Geständnis ohnehin unwohl, da konnte ich auf Belustigung gut verzichten.

»Dann habe ich die Formel jetzt wohl raus, was? Erst ein Sexdate mit heißen Jungs organisieren, danach ein harter Fick und endlich hört man die gewünschten Worte …«

Ich überlegte einen Augenblick. Keine Ahnung, weshalb ich immer gleich so übertrieben reagierte. Ahmed machte sich nicht lustig über mich, er war eher erleichtert, weil er sich wohl doch mehr Hoffnungen gemacht hatte.

»Du hast dir das gewünscht?«, fragte ich leise.

»Klar, Dummkopf. Ich liebe dich nämlich auch.« Er küsste mich erst zart, dann immer leidenschaftlicher.

In meinem Kopf wirbelten verschiedenste Gedanken und Gefühle durcheinander. Ich glaube, ein wenig war ich auch erleichtert. Auch ich hatte mir wohl etwas mehr Hoffnungen gemacht, als ich zugeben wollte. Aber bevor ich etwas davon genauer überdenken konnte, spürte ich ein verräterisches Zucken in mir. Überrascht sah ich meinem Freund in die Augen.

»Ich glaub, da hat jemand Bock auf eine zweite Runde!« Ahmed grinste.

»Was?« Ich schob ihn energisch von mir runter, sodass er hinausrutschte. »Nicht mit mir! Zwei Mal pro Tag hinhalten reicht mir!«

»Gut zu wissen. Dann hab ich also ab sofort zwei Ficks pro Tag gut.«

»Das wüsste ich aber! Einstecken darfst du gern täglich, alles andere – nö!«

»Du bist so eine Memme!« Er lachte und rollte sich auf den Rücken, um sich mir zu ergeben. Der Anblick seiner Rosette brachte mich um den Verstand. Ich stürzte mich wie ein ausgehungertes Tier auf ihn.

DOPPELTES SPIEL

Schon auf dem Parkplatz unseres Stammclubs herrschte reger Betrieb. Ganz sicher würde es drinnen wieder brechendvoll sein. Das allerdings hielt uns nicht von unseren Plänen für heute Abend ab.

Vier Wochen war es nun her, dass wir den süßen Barkeeper verführt hatten. Das war unser erstes Experiment mit einem Dritten gewesen. Sowohl Fabian als auch ich hatten danach Bedenken gehabt, ob unsere Beziehung sich irgendwie verändern würde. Tatsächlich lief es jedoch seit dem Abend noch besser zwischen uns als vorher. Nach langen Gesprächen waren wir übereingekommen, dass wir ganz ähnlich dachten und fühlten. Wir gingen die Sorgen des jeweils anderen ernsthaft durch. Die letzten Wochen hatten daher sexuell gesehen ausschließlich uns selbst gehört. Es war wie ein Testlauf gewesen, ob wir uns gegenseitig noch genügten, nachdem wir diesen erotischen Höhepunkt erlebt hatten. Nun war die Probezeit überstanden und uns war klar, dass es niemanden gab, der den anderen ersetzen konnte. Plötzlich herrschte zwischen uns eine Art blindes Vertrauen, das sich nicht erklären ließ. Aber genau das war der Grund, weshalb wir uns auf ein weiteres Abenteuer einlassen wollten. Unsere Beziehung hatte sich als robust erwiesen.

Mit dieser Überzeugung und Lust auf sexuelle Experimente standen wir nun hier. Ich hoffte, dass Dario und Robin auch wirklich jeden Freitag im Club waren. Nach der kleinen Pause fühlte ich nun die Aufregung. Ich war motivierter als je zuvor, den neuen Plan in die Tat umzusetzen.

Fabian brachte wie immer seinen Hintern mit einer extra engen Jeans zur Geltung. Ich schaffte es kaum, meine Finger von ihm zu lassen. Damit lenkte ich erst recht die Aufmerksamkeit anderer Gäste auf den knackigen Po meines Freundes. Mit Genugtuung schob ich meine Hand in die Hintertasche. Dieser Arsch gehörte mir! Besonders hübschen Jungs warf ich daher einen warnenden Blick zu, was aber meist zur Folge hatte, dass sie ihr Interesse von Fabian auf mich lenkten. Als Fabian sich nach einem heißen Kerl umdrehte, kniff ich ihm amüsiert in den Hintern. Sofort sah er mich entschuldigend an.

»Wir haben doch schon ein Date!«

»Na ja, ein Date würde ich es nicht nennen. Die beiden wissen ja noch nichts von ihrem Glück.«

»Die sind bestimmt da. Ich bin mir sicher, dass die sich seit dem Gespräch letztens jeden Freitag hier bereithalten. Du hättest die mal sehen sollen, spitz wie sonstwas!«

»Wenn es nicht hinhaut, können wir dann den da nehmen?« Er grinste mich breit an.

»Nein!« Ich warf dem Kerl hinter uns einen bösen Blick zu. Der zwinkerte natürlich sofort zurück.

Ich knurrte. »Los, komm!«

»Wie? So aus dem Stand? Das kann ich nicht!«

»Schade, dass wir keinen Hut haben, den wir hinlegen können, sonst würde ich ja sofort helfen. Wäre mal eine ganz neue Art der Prostitution ...«

Fabian lachte auf, sah sich um und lief zu einem Kerl mit Basecap. »Bekommst du gleich wieder!« Er riss dem Typ das Ding vom Kopf, legte mir die Kappe vor die Füße und begann tatsächlich, seine Jeans aufzuknöpfen. »So! Kannst loslegen!«

Der Typ, der uns eher unfreiwillig das Basecap zur Verfügung gestellt hatte, grölte als erstes laut los. Kurz darauf standen etliche Clubbesucher um uns herum und riefen: »Ausziehn! Ausziehn!«

Ich schüttelte den Kopf. »Das ist jetzt nicht dein Ernst, oder?«

»Warum? Du hast doch damit angefangen!«

»Na, wenn du meinst ...« Ich ging vor ihm in die Knie und alles um uns jubelte. Natürlich war Fabian frech genug, um meine scherzhafte Reaktion auf seinen Gag auszunutzen. Er zog tatsächlich die Shorts hinunter und stupste grinsend seine Schwanzspitze gegen meine Lippen. Die Typen drum herum schrien und applaudierten. Na schön, da hatte ich wohl keine andere Wahl. Brav öffnete ich den Mund und ließ meinen Freund mal machen. Der legte die Hände auf meinen Kopf und dirigierte mich vor und zurück. Der Lärm der Zuschauer war ohrenbetäubend. Leider lockte das bald schon Kai an, der den Türsteher und Aufpasser gab. Auch wenn er sich augenscheinlich das Lachen verkneifen musste, war es wohl seine Pflicht, die kleine Showeinlage zu unterbrechen.

»Kommt, Mädels, geht drinnen spielen«, sagte er gutmütig.

Fabian wurde gleich frech: »Ach, so bekommt man also bevorzugten Einlass!«

»Also wenn die Grünen euch erwischen …«

»Was? Sind die Grünen nicht auf unserer Seite? Aber wir haben ja noch immer die Roten und Wowi. Der ist da nicht so spießig.«

»Schatz, bitte verarsch unseren Lieblingstürsteher nicht.« Ich sah mit großen Augen zu Kai auf. »Möchtest du auch einen geblasen bekommen?«

»Mädels …« Kai senkte drohend die Stimme.

Fabian zog sich seufzend wieder an und die Menge buhte.

»Ja-ja«, rief Kai und hob die Arme. »Ich bin der Spielverderber, ich weiß. Denkt nur dran, dass ihr gleich an mir vorbei müsst.« Er lachte gehässig und ging zurück an seinen Platz.

Fabian zog mich auf die Füße und ließ echt noch das Basecap rumgehen. Fröhlich steckte er sich ein paar Münzen ein, bevor er die Kappe zurückgab. Dann richtete er sich die Hose und fragte: »So, können wir reingehen?«

Die Jungs um uns herum verteilten sich amüsiert, während wir Richtung Eingang liefen.

Drinnen war es wie immer laut und stickig, aber ich fühlte mich sofort wohl. Die Musik hämmerte durch den Club, Rauchschwaden durchzogen das rötliche Licht und jetzt schon drängten sich etliche halbnackte Typen auf der Tanzfläche.

Fabian peilte den Tresen an, hinter dem Juan effektvoll Cocktails mixte. »Hey!«

Der Barkeeper grinste breit. »Schön, euch zu sehen!«

Nachdem er den beiden Gästen ihre Drinks gegeben hatte, kam er sofort zu uns. Er gab Fabian einen Kuss und danach mir. Ich musste es natürlich wieder übertreiben und zog Juan zu mir, um ihm provozierend über die Lippen zu lecken.

»Wow, du schmeckst gut.« Er zwinkerte mir zu.

»Nick hat mir ja auch gerade einen geblasen«, mischte sich Fabian ein.

»Ach so.« Juan lächelte. »Dann geht das Kompliment wohl eher an dich und deinen kleinen Freund.«

Fabian schnappte nach Luft. »Klein?«

»Nur die Ruhe. Ist alles relativ!« Unaufgefordert stellte er zwei Gläser Whiskey auf den Tresen. »Geht auf mich!«

Wir prosteten ihm zu und schauten uns anschließend nach unseren Opfern um, aber die waren noch nicht zu sehen.

»Juan, du kennst doch Robin und Dario?«, fragte ich.
»Oh jaah!« Juan lächelte verschmitzt.
»Wie gut kennst du die beiden denn?«
»Sagen wir mal, so gut wie euch zwei.«
Wir warfen uns amüsierte Blicke zu.
»Weißt du, ob sie heute hier sind?«
Juan schüttelte den Kopf. »Ich hab sie noch nicht gesehen. Bin gleich wieder bei euch!« Er eilte davon, um Bestellungen entgegenzunehmen.
»Hoffentlich tauchen deine Süßen auch wirklich auf.« Fabian wirkte etwas bockig. Ob er sich über den Schwanzkommentar ärgerte?
»Schatz, ich bin mit deiner Größe vollkommen zufrieden.«
»Mausi, ich ramm dir meine Größe gleich mal ungebremst in den Arsch, wenn du mich jetzt aufziehen willst!«
»Du kannst es aber gar nicht abwarten, was?«
»Nein, ich will heute nur anständig ficken!«
»Blasen hätten wir ja auch schon abgehakt …«
»Was? Das soll alles gewesen sein?«
»Wenn es nach Kai und den Grünen geht …«
»Klasse, die wähl ich nicht noch mal!«
»Ich würde einen feschen Polizisten sofort wählen. Die sehen doch geil aus in ihren Uniformen!« Ich lachte.
»Mensch, du hast keinen Sinn für Politik!«
»Ich mag politische Witze nicht, die hören auf den Namen Westerwelle und sind eher abturnend.«
Plötzlich stieß Fabian mir in die Seite. »Sind sie das?«
Ich folgte seinem Blick und schüttelte den Kopf. »Nein, unsere Kandidaten sehen noch besser aus!« Dann stellte ich mal wieder fest, dass wir beide einen ausgewachsenen Arschfetisch hatten. Die knackigen Hintern vor uns waren nicht zu verachten. »Hm, ablehnen würde ich die aber trotzdem nicht unbedingt! Aber warte, bis du den Knackarsch von Robin gesehen hast!«
»Okay, der ist für mich!«
»Hättest du wohl gern! Dario ist ebenfalls nicht schlecht. Zur Not müssen wir halt mal tauschen.«
»Klingt ganz vernünftig, allerdings dürfen wir ja erst mal ein wenig zuschauen. Vielleicht steh ich ja auch auf den anderen?«
Ich nickte. »Auf jeden Fall wird das eine geile Show.«

Belustigt schüttelte Fabian den Kopf. »Da freust du dich jetzt schon seit Wochen drauf, was? Die Jungs müssen dich ja mächtig angemacht haben.«

»Schon ziemlich.«

Fabian schlang die Arme um mich. »Gut, dass ich dich immer noch am allermeisten anmache.«

Er küsste mich und schon versank ich mit ihm in eine wilde Knutscherei. Wir waren wie ausgehungert, obwohl wir in den letzten Wochen mehr als genug Zeit miteinander verbracht hatten.

»Dürfen wir mitmachen?«, unterbrach uns schließlich eine Stimme.

Ich sah auf und lächelte. »Robin! Dario! Das ist mein Freund Fabian.«

Fabian musterte die beiden und reichte ihnen die Hand. Ich sah in seinen Augen, dass er mit meiner Auswahl zufrieden war.

»Ich hoffe, Nick hat dich in unsere Pläne eingeweiht.« Dario zwinkerte ihm amüsiert zu.

»Pläne?« Fabian tat entrüstet.

»Oh-oh«, machte Robin und kicherte. »Das wird aber eine schöne Überraschung …«

Ich grinste. »Ach Schatz, ich hab dir doch wohl erzählt, dass uns Dario und Robin ihre Briefmarken zeigen wollen.«

»Jetzt, da du es sagst … Stimmt, ich hatte noch im Kopf, dass irgendwo dran geleckt werden soll.«

Robin lachte laut auf. »Ja, an meinem Stempel!«

»Komisch«, sagte Dario, »mir zeigst du immer dein Stempel*kissen* …«

Ich ging dazwischen. »Moment! Ihr arbeitet nicht zufällig bei der Post?«

»Noch nicht, aber der Job da scheint mir jetzt doch weit erotischer, als ich gedacht hätte …« Robin zwinkerte.

»Lasst uns mal einen Tisch suchen.« Fabian beugte sich zu Juan über den Tresen. »Bringst du uns vier Drinks?«

Juan nickte, sah jedoch gar nicht so begeistert aus. Ob er uns wohl vermisste? Bevor ich mir eingehender Gedanken um unseren Barkeeper machen konnte, legte Robin den Arm um mich und zog mich weg. Unser Tisch stand im Halbdunkeln, was für ein erstes Kennenlernen ganz angenehm war. Kurz darauf kam auch Fabian und setzte sich neben mich, um Robins Umarmung abzulösen. Offenbar gefiel ihm diese besitzergreifende Geste des Kleinen nicht. Aber er ließ sich nichts anmerken.

»Wir haben schon gedacht, du hättest uns vergessen, Nick«, sagte Robin ein wenig vorwurfsvoll.

»Ja, wir haben jede Woche sehnsüchtig auf euch gewartet.« Dario nickte.

Ich zuckte mit den Achseln. »Wir waren halt ein wenig – mit uns selbst beschäftigt. Aber nun sind wir ja da.«

»Ja, Nick ist schon seit vier Wochen scharf auf eure Postschalterperformance!« Fabian lachte.

»Na, wie gut, dass wir kräftig geübt haben.« Robin und Dario sahen sich vielsagend an.

In dem Moment brachte Ahmed unsere Getränke und wir rutschten aufgrund der lauten Musik etwas näher zusammen.

»Nick hat mir erzählt, wie gut du küssen kannst«, sagte Fabian zu Robin.

»Ach?« Robin warf mir einen kessen Blick zu. »Hat er das?«

»Jaah, wie sieht's aus, gibt's eine Kostprobe?«

Robin lachte kurz auf, nickte dann hektisch. Mein Freund verlor echt keine Zeit. Er beugte sich über mich hinweg zu Robin und leckte ihm über die Lippen. Direkt vor meiner Nase. Ich spürte sofort dieses seltsame Gefühl in mir, aber Fabian legte beruhigend seine Hand auf meinen Oberschenkel. Dann streichelte er mich und fuhr zwischen meine Beine. Plötzlich waren die Bedenken weg und ich sah den beiden zu, wie sie mit ihren Zungen ein heißes Gefecht austrugen.

»Wow! Du hast Recht, Baby!«, grinste Fabian, als sie sich wieder voneinander lösten. »Beste Qualität!«

Ich nickte gedankenverloren und starrte wie gebannt auf Darios Mund. Er leckte sich lasziv über die Lippen, nippte an seinem Drink und lächelte. »Und? Was habt ihr euch so vorgestellt?«

»Na, zuerst bekommen wir eure Stempelkissenshow zu sehen. Danach vielleicht – Partnertausch?« Ich grinste.

Robin schnappte nach Luft. »Ihr Schweine!«

Ich zögerte. »Keine gute Idee?«

»Was?«, rief Robin aufgebracht. »Das ist eine sehr gute Idee! Ihr seid nur Schweine, weil ihr uns so lange hier sitzen lasst! Los, los, raus hier!«

Wir lachten.

»Ja, lasst uns verschwinden. Es ist eindeutig zu voll hier«, stimmte Dario zu. »Vor einem Auftritt macht es auch nervös, wenn da so viele Leute um einen herum sind.«

»Ah, tretet ihr öfter auf?« Fabian ließ witzig die Augenbrauen wippen.

»Nein, Premiere. Das erste Mal nur für euch. Es wird etwas ganz Besonderes, merkt euch meine Worte!«

»Was für Versprechungen! Ich hoffe, ihr kommt da mit den Taten noch hinterher!«

Wir tranken schnell aus und verabschiedeten uns am Tresen von Juan und Ahmed. Juan sah mich so seltsam an. Irgendwie wurde ich das Gefühl nicht los, dass er sich etwas von uns erhofft hatte und nun vielleicht enttäuscht war. Nein, er schien nicht enttäuscht, eher angespannt, oder?

Auf dem Parkplatz vor dem Club sammelten wir uns und plötzlich stand eine Frage unausgesprochen im Raum. Fabian und ich hatten für uns längst geklärt, dass unsere Wohnung für solche Spielchen tabu war. Die gehörte ausschließlich uns selbst. Entsprechend mussten wir es hinbekommen, dass wir zu Robin und Dario konnten.

»Also«, fing Fabian an und sah betreten in die Runde, »bis zu uns ist es ganz schön weit …«

Ich wollte ihm gerade helfen, als Robin antwortete: »Das macht nichts, wir wollten euch eh mit zu uns nehmen. Wenn wir schon unsere erste Privatvorstellung geben, dann doch lieber auf einer erprobten Bühne.«

»Bis zu uns braucht's mit dem Auto auch nur ein paar Minuten«, stimmte Dario zu. »Also, auf geht's!«

Ohne abzuwarten gingen die beiden auf einen dunkelblauen Kleinwagen zu. Irgendwie seltsam. Ich hatte das Gefühl, dass Dario und Robin sich genauso abgesprochen hatten, wie Fabian und ich. Nur dass sie uns offenbar gern in ihrer Wohnung haben wollten.

»Das war ja easy«, flüsterte Fabian.

»Jo, geradezu perfekt, was?«

Es dauerte tatsächlich nur einige Minuten, bis wir vor einem kleinen Mehrfamilienhaus hielten. Robin parkte vor einer Gemeinschaftsgarage. Alles wirkte ein wenig bieder. Schon komisch, wenn man daran dachte, dass hier gleich die Post abgehen sollte. Ich grinste über mein Wortspiel und starrte Robin im Treppenhaus auf den Arsch. Wirklich ein geiles Stempelkissen.

Gespannt folgten wir den beiden in die Wohnung. In mir machte sich langsam Aufregung breit. Man wusste ja nie, was einen erwartete. Fabian und ich waren uns des Risikos bewusst, dass so ein Abend auch in einem totalen Desaster enden konnte. Für den Fall hatten wir uns auf einen kleinen Notfall geeinigt, um die Party vorzeitig verlassen zu können. Fabian würde mich heimlich auf dem Handy anrufen. Aber bislang schien diese Vorsichtsmaßnahme überflüssig zu sein.

»Na dann, macht's euch gemütlich!« Dario führte uns vom Flur ins Wohnzimmer. Das war überraschend groß und ziemlich anheimelnd eingerichtet. Fabian und ich zogen unsere Schuhe und Jacken aus und nahmen auf dem großen Sofa in der Mitte des Zimmers Platz.

»Schaut mal, extra für euch, weil ihr doch so ein Zeug trinkt«, sagte Robin und stellte eine Flasche Whiskey und vier Gläser auf den Couchtisch. Dario spielte an der Stereoanlage herum, bis der Raum mit leiser Chillout-Musik erfüllt wurde. Ja, dieses Ambiente passte definitiv besser zu unserem Vorhaben, als der überfüllte Club.

Kurze Zeit später hielt jeder ein Glas in der Hand und auf Darios Geste hin prosteten wir uns zu. »Auf eine hoffentlich verdammt heiße Nacht!«

»Davon gehe ich doch aus.« Fabian nahm einen kleinen Schluck von seinem Whiskey.

»Baah!« Robin stellte seinerseits das Glas schnell auf den Tisch zurück. »Was ist das für ein – Zeug!«

»Vielleicht solltest du nicht gleich so Riesenschlucke nehmen!« Fabian lachte und beugte sich zu mir hinüber, um mir die feurige Flüssigkeit von den Lippen zu lecken. »Ein paar Tropfen von den Lippen des richtigen Kerls und du wirst Whiskey lieben …«

»Danke, der Tipp kommt zu spät, ich bin erst mal bedient«, maulte Robin. »Verdammt! Ist eigentlich nur mir so warm?«

Dario grinste. »Du bist immer warm, Baby. Wenn dir aber vom Alk heiß wird, dann zieh dich doch aus!«

»Ach, deswegen dieses Teufelszeug!« Robin zögerte keine Sekunde und befreite sich von seinem Hemd. »Ihr hättet nur was sagen müssen! Für süße Kerle mach ich mich nämlich auch nackig, ohne dass mein Hals brennt.«

»Ja, das Brennen im Hals kommt bei ihm immer später!« Dario machte die Geste für Oralsex.

»Bärchen, wenn du mich weiter ärgerst, kannst du dir demnächst einen vom Ventilator blasen lassen!«

Ich lachte. »Hör lieber auf, Dario, das klingt nicht nach Spaß und wir wollen schließlich was zu sehen bekommen!«

»Ja«, mischte sich Fabian ein, »wann startet die Vorführung?«

»Was wollt ihr denn sehen?«, fragte Dario.

»Hey, ich denk, ihr habt was einstudiert!«

»Öhm, wir haben jetzt kein festes Programm geübt … War eher die Technik an sich.«

»Freestyle!« Robin kicherte.

Ich ließ den Kleinen nicht aus den Augen. »Zeigt einfach mal, wie eure Technik beim Knutschen aussieht. Die restliche Performance ergibt sich vielleicht von selbst.«

»Oder ihr gebt uns Anweisungen. Publikumswünsche werden gern umgesetzt.«

»Ah, Sex nach Zahlen.« Fabian rieb sich die Hände. »Dann geh mal zu deinem Freund und stell dich hinter ihn.«

Sofort stand Dario auf und folgte Fabians Regie.

»Robin, du schmiegst dich an ihn und küsst ihn. Dario, du kannst ihn ja ein wenig streicheln und schon mal die Hose öffnen.«

Ich betrachtete meinen Freund, wie er da mit leuchtenden Augen saß und sein privates Theaterstück dirigierte. Vor uns rieb sich Robin an Dario und sie küssten sich innig, wie es sich Fabian gewünscht hatte. Etwas zittrig öffneten Darios Finger die Gürtelschnalle, danach die Knöpfe von Robins Jeanshose.

»Immer schön weiterküssen. Robin, du drehst dich zu Dario um, damit du auch ihm die Hose öffnen kannst. Runter damit!«

Anstandslos folgten die beiden der Vorgabe und hatten sichtlich Spaß dabei, zumindest waren ihre Shorts ausgebeult, als die Hosen zu Boden rutschten. Wir sahen eine Weile zu, wie sie sich küssten und streichelten. Dann hielt ich das aufregende Kribbeln in mir nicht mehr aus und mischte mich mit ein: »Weil Dario gerade so frech war, küsst er sich jetzt mal langsam nach unten. Aber so, dass wir alles sehen können.«

Robin seufzte und genoss es, von seinem Freund bezüngelt zu werden. Als Dario auf die Knie ging, reckte er ihm zitternd die Körpermitte entgegen.

»Hey Dario, dein Kleiner ist ja ganz aus dem Häuschen. Was Oralsex angeht, kommst du deinen Beziehungspflichten wohl nicht so häufig nach, was?«

Robin nickte. »Der ist faul wie sonstwas!«

»Das kriegen wir hin.« Ich lächelte fies. »Dario, du nimmst dir jetzt mal das Überraschungspaket da vor und freust dich gefälligst über das, was du auspackst.«

Dario lachte. »Tu ich doch immer!« Dann sah er vorwurfsvoll zu Robin auf. »Schatz, du stellst mich hier ja als Monster hin!«

»Nicht reden, blasen!« Robin schob sich kurzerhand selbst die Unterwäsche hinunter.

»Du weißt schon, dass ich dir das heimzahlen werde?«

Robin drängte den Steifen gegen den Mund seines Freundes. »Ja, das hoffe ich doch mal!«

Fabian und ich sahen den beiden eine Weile zu. Ich spürte, dass mein Freund immer unruhiger wurde.

»Ist dir auch warm?«, fragte ich.

»Total!« Er verstand meinen Wink sofort und zog sich das Shirt über den Kopf. »Und so ungemütlich in den Klamotten ...«

»Ja, viel zu eng!« Ich zog mich ebenfalls aus. Kaum hatte ich den Oberkörper frei, schwang sich Fabian auch schon auf mich. Seine Shorts reckte sich mir entgegen. Ich legte ihm automatisch meine Hände auf den Hintern und küsste seinen Bauch. Meine Zunge umspielte den Nabel und ich genoss es, wie er mir durchs Haar strich. Langsam leckte ich mich tiefer, schob mit dem Kinn das Bündchen hinunter und atmete Fabians herrlichen Duft ein. Eine feine Moschusnote, die mich sofort elektrisierte. Dann hielt ich es nicht mehr aus. Mit einem Ruck riss ich ihm die Shorts weg, sodass sein Schwanz aufgeregt vor mir wippte.

»Warte!« Fabian stieg von mir herunter, um sich die Hose ganz auszuziehen.

Ich lachte, weil Dario und Robin plötzlich nur noch Augen für meinen Freund hatten.

»Hey! Wer hat euch erlaubt, einfach die Vorstellung zu unterbrechen?«, meckerte Fabian los, als auch er die Blicke der beiden bemerkte.

»Und überhaupt, Dario, wieso hast du noch so viel an?« Ich schüttelte den Kopf.

Fabian schnaubte. »Ich finde, das muss bestraft werden!«

»Das wird es, Schatz!« Ich grinste breit. »Ich habe soeben meine Wahl für den Partnertausch getroffen. Du bist doch eher aktiv, oder Dario?«

»Ja!« Darios Augen blitzten vor Freude.

»Gut, heute dann mal nicht.« Ich lachte.

»Hey ...«

»Halt den Mund, Baby«, mischte sich Robin ein und schlug mit seinem Steifen links und rechts gegen Darios Wangen. »Das sind unsere Gäste! Wir wollen doch keinen unfreundlichen Eindruck machen ...«

»Aber ...« Dario sah ein wenig verzweifelt zu Fabian hinüber. Offenbar hatte er sich eine andere Konstellation erhofft und natürlich auch eine andere Position.

»Keine Chance!« Fabian grinste zurück. »Ich nehm mir den Arsch von deinem Freund vor. Geht doch klar, Robin, oder?«

Robin reckte den Hintern verführerisch nach hinten. »Absolut!«

»Verdammt, ihr …«

»Alles nur, weil du der Letzte bist, der noch Klamotten anhat.« Ich schob mir schnell die Shorts hinunter, damit Dario tatsächlich als einziger noch was anhatte. Mein Schwanz stand wie eine Eins und ich rieb ihn aufreizend. »Das nenne ich Pech!«

Darios Augen wurden groß.

Ich winkte ihm mit meiner Latte zu. »Oder hast du etwa Angst?«

»Wenn ihr mir gesagt hättet, dass ich mich ausziehen soll, dann …«

»Jetzt kommen die Ausreden!« Ich lachte und beobachtete nebenbei, wie mein Freund sich von hinten an Robin schmiegte.

»Nein, ich will doch gar nicht …«

»Robin, redet dein Freund immer so viel vor dem Sex?«

»Nee, eigentlich nicht«, sagte Robin.

»Also hat er wohl doch Schiss. Ist dir mein Schwanz zu groß?«

»Nein, aber …«

»Dann hör auf zu reden und zieh dich endlich aus!« Ich schüttelte den Kopf. »Kaum zu glauben!«

»Yeah! Striptease!« Fabian zog Robin begeistert zu mir auf die Couch.

»Ausziehn! Ausziehn! Ausziehn!«, schrien wir durcheinander, bevor wir in schallendes Gelächter ausbrachen.

Ich zwinkerte Fabian zu. »Schön, dass auch wir mal rufen dürfen und andere eine Show hinlegen, was?«

Mein Freund nickte. »Total ungewohnt …«

»Quatscht nicht«, unterbrach uns Robin, »ich will was sehen! Schatz, dein Solo!« Er machte eine ausladende Geste.

»War klar, dass du mir auch noch in den Rücken fällst. Ich weise nur mal galant darauf hin, dass Nick und Fabian nicht ständig an deiner Seite stehen.« Dario hob vielsagend die Augenbrauen.

»Robin, du kannst mit zu uns. Für geile Ärsche haben wir immer Platz«, sagte ich.

»Ach, auf ein bisschen Bestrafung steh ich.« Robin lächelte selig. »Und jetzt hopp-hopp, Baby, die Gäste warten!«

Unsicher fing Dario an, sich hin und her zu wiegen. Die Jeans hing ihm ja bereits um die Knöchel. Etwas ungeschickt schüttelte er sie sich von den Füßen. Dann stand er kurz mit den Händen in den Hüften da, als wollte er sagen, dass das schon alles war.

»Na komm! Das reicht noch nicht!« Ich machte eine auffordernde Geste.

Dario rieb sich mit den Fingern über den Oberkörper. Dabei machte er ein Gesicht, so erotisch wie ein Zahnarztbesuch. Plötzlich riss er sich mit einem Ruck das Shirt über den Kopf und warf es zu Boden.

Wir buhten alle drei gleichzeitig los.

Robin schob ärgerlich die Stirn in Falten. »Schatz, kannst du dich vielleicht ein kleines bisschen anstrengen? Wir wollen einen Strip sehen und keinen Alltag!«

Dario sah seinen Freund an, als ob er ihm jeden Moment ein Ohrläppchen abbeißen wollte. Trotzdem fügte er sich und streichelte erregend über seine Brust. Diesmal ließ er sich etwas mehr Zeit und ich bewunderte die fein definierten Bauchmuskeln. Danach führten seine Hände meinen Blick zum Bund der Shorts. Fast schon befürchtete ich, dass es jetzt auch so schnell gehen würde, wie bei dem Shirt. Doch Dario hatte wohl beschlossen, uns ein wenig zu ärgern. Grinsend schob er das Bündchen auf der einen Seite hinunter und zog es an der anderen hinauf, dann umgekehrt. In der Mitte gab es nur den Ansatz des dunklen Schamhaars zu sehen. Ich leckte mir über die Lippen, weil ich endlich wissen wollte, womit ich es gleich zu tun bekommen würde.

»Weiter!«, forderte Robin. Dario aber drehte sich nur neckisch um und zeigte uns eine Wiederholung seines Spielchens, nur eben von hinten. Viel mehr als den Ansatz der Poritze und ein paar unbeholfene Bewegungen bekamen wir nicht geboten.

»Mach weiter!« Robin knurrte jetzt.

Dario drehte sich nun zur Seite und musste lachen.

»Verdammt!« Robin sprang auf und riss seinem Freund die Shorts herunter. »So! Toll gestrippt! Dich bucht keiner!«

Ich hatte Mitleid. »Ganz schön streng. Vielleicht liegen seine Talente ja eher woanders?« Mein Schwanz zuckte aufgeregt bei den Möglichkeiten.

Robin bemerkte die Reaktion meiner Latte und grinste. »Da freut sich aber einer. Schatz, du hast einen Fan!«

»Einen großen …«, murrte Dario.

»Keine Angst, der will nur spielen«, sagte ich. »Der ist gut erzogen.«

»Moment!«, unterbrach Fabian mein Geflirte. »Ist etwa schon Damenwahl? Ich dachte, wir bekommen noch ein bisschen was vorgeführt.« Er wand sich an unsere Gastgeber. »Das gerade war doch wohl nicht alles, was ihr einstudiert habt!«

Robin grinste. »Schatz, die wollen dich blasen sehen!«

»Ich hab eher das Gefühl, dass ein paar Schläge auf deinen Arsch auch ganz gut ankämen!«

»Uh!« Robin drehte sich um und hielt uns sein Hinterteil hin. Sofort fuhr Dario ihm mit den Fingerspitzen über die Wirbelsäule. Er drückte seinen Freund noch etwas weiter hinunter und nutzte die Gelegenheit, ihm den Schwanz in den Mund zu schieben. Robin fing sofort willig an zu saugen und schluckte die Latte fast zur Gänze.

Ich sog das Bild förmlich in mich auf und musste ein Keuchen unterdrücken. Robins Rückansicht erregte mich total. Darios Hände, die sich langsam den Rücken hinunterarbeiteten, bis seine Finger zwischen die knackigen Arschbacken glitten, verursachten wahre Hitzewellen in mir.

»Mmh«, machte Fabian neben mir und rieb sich die Latte. Immerhin war ich mit meiner Einschätzung nicht allein. So albern sich Dario bei seinem Strip angestellt hatte, so viel Mühe gab er sich jetzt, uns den Arsch seines Freundes schmackhaft zu machen. Man konnte gar nicht anders, als sich selbst zu massieren. Gott, was waren die beiden heiß!

Als Dario seine Finger ableckte, um Robins Loch zu befeuchten, musste ich aufpassen, dass ich keinen Frühstart hinlegte. Fabian ging es offenbar ebenso, denn er hielt die Hände wieder still. Dann stöhnte Robin auf. Ein absolut geiles Geräusch in meinen Ohren. Dario fickte mit seinem Finger in Robins Rosette herum. Bei dem Anblick hielt es mich nicht länger auf der Couch. Ich war so erregt, wie schon lange nicht mehr. Ich konnte es einfach nicht erwarten, endlich heiße Haut zu berühren und selbst berührt zu werden, egal von wem.

»Sorry Jungs, aber ich kann nicht mehr …«

»Was?« Dario sah mich irritiert an. »Gehst du jetzt schon ab?«

»Quatsch! Hättest du wohl gern! Ich will mitmachen!«

»Aber unsere Aufführung ist noch nicht fertig!«

Robin richtete sich auf und schlug seinem Freund auf die Brust. »Genug Spaß für heute, jetzt gibt's Sex!«

»Ja, ohne Spaß«, sagte Fabian und kam zu uns.

Dario grinste. »Sex ohne Spaß macht am meisten Spaß.«

»Dann wirst du heute ja eine Menge Spaß haben.« Ich lachte und rieb provozierend meinen Schwanz.

»Aber mal ernsthaft.« Dario tätschelte Robins Arsch. »Der hier ist mehr gewöhnt, kann ich dir nur empfehlen. Fabian kommt mit meinem Gerät ...«

»Nein!«, unterbrach Fabian sofort. »Ich vernasche deinen Freund und damit basta! Ihr könnt ja einen Ringkampf austragen, wer von euch unten liegen muss ...«

Ich trat an Dario heran und flüsterte ihm ins Ohr: »Du würdest verlieren. Mein Schwanz ist so geil auf dich, ich bin Superman! Aber ich bin wirklich ganz vorsichtig, versprochen. Außerdem: Der Gast ist König oder so ...«

Ich sah deutlich, wie sehr Dario mit sich haderte. Er schaute hinunter auf meine Hand, die noch immer meinen Steifen massierte.

»Mal anfassen?« Ich zwinkerte ihm zu. »Langsam rantasten, um die Angst abzubauen. Komm schon, du willst ihn doch!«

Dario sah wieder flehend zu Fabian hinüber. Aber mein Freund zog Robin gerade zur Couch. Dreist setzte er sich einfach auf die Lehne und zog den Kleinen vor sich. Der begann auch sofort mit dem Blasen.

»Den hast du aber gut trainiert«, lobte ich und stieß Dario in die Seite. Dann kniff ich ihm in den Arsch. »Fehlt nur noch ein wenig Training für dich.«

»Aber ohne die richtige Stimmung läuft bei mir gar nichts!« Dario stieg ebenfalls auf die Couch. Breitbeinig saß er neben meinem Freund und wartete, dass ich mich vor ihn kniete. Na gut, ein kleines Opfer musste ich wohl bringen.

»Allerdings bekomm ich ganz schnell Knieschmerzen.« Ich ließ mich vor ihm nieder.

»Ach, gut, dass du auf dem Sofa kniest, da kann das ja nicht so wild sein.« Dario grinste.

»Sagte ich Knieschmerzen? Ich meinte Kiefersperre!«

»Quatsch nicht rum! Mach einfach den Mund auf und lutsch! Wie das geht, weißt du ja hoffentlich!«

»Würdest du mir vielleicht noch mal erklären ...«

Bevor ich zu Ende sprechen konnte, drückte Dario meinen Kopf zwischen seine Beine. Plötzlich hatte ich seinen nicht weniger beachtlichen Steifen auf der Zunge und diesen aufregend fremden Duft in der Nase. Sofort gab ich mein Spielchen auf und leckte die fette Eichel. Tatsächlich hatte ich Probleme, den Schwanz ganz in den Mund zu nehmen. Jetzt wusste ich mal, wie sich Fabian immer fühlte. Aber ich musste neidlos zugeben, dass Dario wohl doch ein kleines Stück mehr hatte. Kurz überlegte ich, ob ich zur Strafe reinbeißen sollte, erinnerte mich jedoch noch rechtzeitig an den Spruch mit dem *Ficken* und *freundlich sein*. Also gab ich mein Bestes und schluckte Darios Latte, so weit ich es schaffte, wobei ich meine Zunge schön um die Spitze kreisen ließ. Darios leises Stöhnen gefiel mir und ging mir direkt in den ungeduldig zuckenden Schwanz. Trotzdem tat mir nach einigen Minuten der Kiefer weh und ich richtete mich auf.

»Fabian, dein Freund macht schlapp!«, sagte Dario.

»Und jetzt soll ich weitermachen, oder was?« Fabian wartete die Antwort gar nicht erst ab, sondern rutschte gleich von der Lehne herunter, um zwischen Darios Beinen Platz zu nehmen.

Robin, der noch immer auf dem Sofa kniete, warf mir einen lüsternen Blick über die Schulter zu. »Im Sideboard, oberste Schublade, rechts.«

Ich verstand sofort und holte eine Tube Gleitgel und ein paar Kondome. Von dem Gel drückte ich mir etwas auf die Finger. Mein Schwanz tropfte schon, so sehr erregte mich das hier.

»Doch umentschieden?« Dario lächelte erleichtert.

»Nö, ich vertreib mir nur die Zeit, bis ich dich endlich ficken darf …« Meine Stimme zitterte vor Erregung, was den Spruch weit weniger locker klingen ließ als geplant. Aber Robins Loch schmiegte sich eng um meinen Mittelfinger, den ich mühelos ganz in ihn versenkte. Keine Frage, Robin war gut eingespielt. Ich ging in die Hocke, um mit der anderen Hand Robins Stange zu wichsen. Es machte mich unglaublich geil, wie problemlos er einen zweiten Finger vertrug. Als ich auch noch einen dritten Finger dazuschob, stöhnte er lediglich lustvoll auf und drängte sich gegen mich. Verdammt, was war der Kerl heiß! Ich rieb seinen Schwanz im selben Takt, wie ich ihn fingerte und sein Stöhnen wurde immer hemmungsloser.

»Schalt mal einen Gang runter, Nick, sonst spritzt der gleich ab, bevor jemand eingelocht hat«, sagte Fabian.

»Und? Hält dich das davon ab, ihn dennoch zu ficken?« Trotzdem ließ ich Robins Latte los, obwohl ich mir gerade bei ihm gut vorstellen konnte, dass er nicht so empfindlich war, wenn er noch nach dem Orgasmus weiter gebumst wurde.

Ich bewegte meine Finger schneller, beobachtete, wie Robin sich wand und mir immer wieder entgegenkam, um sich selbst aufzuspießen. Dann warf er mir schließlich einen flehenden Blick über die Schulter zu.

»Was jetzt? Ich soll dich bumsen?«

»Jaah …« Robins Stöhnen klang verzweifelt.

Für einen kurzen Moment war ich wirklich in Versuchung, doch da sah ich Darios zufriedenes Grinsen. Das hatten die doch stillschweigend so vereinbart!

»Nix da! Ich will deinen Freund!« Ich schlug Robin auf den Hintern. Aber der ließ nicht locker und wackelte aufreizend hin und her wie ein läufiger Köter.

»Dario«, sagte ich ernst, »dein Typ wird hier verlangt.«

Fabian und Dario sahen irritiert auf.

Ich grinste. »Was denn? Ist das Wunschkonzert schon vorbei? Du sollst deinen Kleinen stopfen!«

Das ließ sich Dario nicht zweimal sagen. Eilig hatte er sich ein Kondom übergezogen und brachte sich jetzt hinter Robin in Position.

»Soviel zum Partnertausch.« Fabian guckte mich fragend an. Ich zwinkerte nur zurück.

»Lass dir doch noch einen Moment einen blasen. Du weißt doch, für die guten Dinge muss man anstehen.« Ich drückte mir eine ordentliche Portion Gleitgel auf die Finger und machte mich an Dario heran, der bereits rhythmisch das Becken vorstieß.

Fabian hatte sich wieder auf die Lehne gesetzt und dämpfte mit seinem Schwanz Robins Stöhnen. Diese Konstellation hatte ich ebenfalls noch nicht ausprobiert. Allerdings war ich auch nicht besonders scharf darauf, gleich von beiden Seiten passiv zu sein. Trotzdem sah es geil aus, wie Robin abging. Ihm schien es durchaus zu gefallen, von vorn und hinten genommen zu werden.

Ich kniff Dario in die linke Brustwarze und grinste ihn an. Er lächelte zufrieden zurück. Offenbar dachte er, dass ich keine Ansprüche mehr an ihn stellte. Der Arme ... Ich beugte mich vor, um ihn zu küssen. In dem Moment, als sich unsere Zungen trafen, griff ich mir seinen Hintern. Er kam mit den Stößen aus dem Tritt und schnaufte überrascht. Aber er wehrte sich nicht, auch nicht, als sich meine glitschigen Finger tiefer in die Ritze zwängte. Dario seufzte sogar. Ich zog ihn am Nacken näher an mich heran. Meine Hand drückte ihn in schön langsamen Schüben gegen Robin und ich lenkte ihn mit einem wilden Zungenspiel ab. Ganz vorsichtig presste ich einen Finger in sein Loch. Er war noch enger als Juan. Aber im Gegensatz zu dem Barkeeper schien er sich deutlich schneller zu entspannen. Wahrscheinlich lag es daran, dass sich sein Schwanz momentan in gewohnter Umgebung befand.

Ich löste den Kuss. »Du bist ziemlich eng.«

»Und du ziemlich groß.«

»Nicht so groß wie du.«

»Willst du dich jetzt einschmeicheln, damit ich dich willig ranlasse?«

»Ich dachte, das macht es dir vielleicht leichter ...«

»Jungs, wenn ihr quatschen wollt, geht nach nebenan!« Robin stieß Dario zurück. »Los, Fabian! Du bist dran!«

»Dein Kleiner ist ein ganz schönes Flittchen!«, sagte ich zu Dario.

»Nee«, widersprach Robin. »Das wär ich, wenn ich auch dich drin gehabt hätte. Aber zwei von drei, das ist noch absolut christlich.«

Fabian schüttelte amüsiert den Kopf, als er sich ein Kondom vom Tisch schnappte und hinter Robin in Stellung ging. Kurz darauf seufzte Robin wieder zufrieden.

»Ich glaube, die beiden sind glücklich.« Ich sah Dario auffordernd an. »Du hattest ja auch schon ein wenig Spaß ...«

Zu meiner Überraschung gab Dario keine Widerworte und kniete sich neben seinen Freund auf die Couch. Verdammt heißes Bild gab das ab: Die Gastgeber hielten beide den Arsch hin und die Gäste durften sich austoben. Ich nahm noch etwas von dem Gleitgel und schob Dario wieder einen Finger ins Loch. Er machte ein Hohlkreuz, als ob er wollte, dass ich tiefer in ihn eindrang. Als ich sah, in welch rasantem Tempo Fabian Robin fickte, pumpte mein Schwanz voller Verlangen. Kurz entschlossen zog ich mich zurück und rollte mir schnell ein Gummi über. Dann drückte ich meine Schwanzspitze gegen Dario. Er beschwerte sich nicht. Aber ich musste schon ziemlich pressen und hatte Angst, dass ich gleich ganz in ihm landen würde, wenn sein Schließmuskel nachgab. Also fasste ich ihm zwischen die Beine und wichste seine Stange. Die bewährte Methode. Nach einer Weile sank meine Eichel endlich in ihn ein. Dario schrie und fast wollte ich meine Schwanzspitze wieder rausziehen, als er mit den Händen nach hinten griff und die Arschbacken auseinanderzog.

»Fuck!« Was für ein Anblick! Offenbar hatte sich Dario mit seiner Rolle abgefunden. Vielleicht hatte er sich aber auch nur geziert, um seinem Status als Macker gerecht zu werden? Ich grinste breit, als ich meinen Schwanz Stück für Stück tiefer in ihn hineinschob und er tapfer hinhielt. Da hatte ja sogar Robin noch mehr gestöhnt! Jetzt war ich inzwischen mit ganzer Länge in ihm!

»Beißt du die Zähne zusammen?«

Dario warf mir einen fiebrigen Blick über die Schulter zu. Nein, offenbar genoss er meine Härte! Immer wieder trafen sich unsere Eier, weil er sich so hart wichste. Ich war fast erleichtert, als ich das erste Keuchen hörte. Dann fing er an, sich selbst vor- und zurückzubewegen. Ich hätte ihm niemals zugetraut, dass er seinen Körper ebenso wie Robin winden würde und geradezu versessen darauf schien, sich aufzuspießen. Vorsichtig begann ich, den Bewegungen entgegenzukommen, sodass die Stöße allmählich fester wurden. Dario schnaufte.

Neben mir lösten sich Robin und Fabian und sahen kurz mit gierigen Blicken zu.

»Na, wer hätte das gedacht …« Robin grinste ungläubig. Dann drehte er sich so auf den Rücken, dass er halb unter seinem Freund lag. Energisch zog er den keuchenden Dario zu sich hinunter, sodass der seinen Arsch noch mehr zu mir hinstreckte. Plötzlich stöhnte der Kerl bei jedem einzelnen Stoß und Robin fing die Laute mit wilden Küssen auf. Als sich Fabian auch noch Robins Beine griff und sich für mich gut sichtbar in ihn versenkte, spürte ich das verräterische Kribbeln in meinen Lenden. Sofort verlangsamte ich meine Bewegungen und nutzte lieber meine gesamte Länge aus. Ich zog mich so weit zurück, dass ich fast aus Dario herausrutschte. Dann glitt ich langsam wieder in ihn und presste mit dem Becken nach, um ihm auch wirklich alles zu geben.

»Mach härter!«, stöhnte Robin plötzlich und spreizte die Beine etwas weiter. Ich sah den Schweiß auf der Stirn meines Freundes. Der lächelte mich an und stieß wie gewünscht fester zu. Verdammt, dieser Anblick erregte mich so unglaublich, dass ich vollkommen still verharren musste, wenn ich nicht sofort abspritzen wollte.

»Fick mich! Fick mich härter!« Robin schrie hemmungslos und hielt Darios Hals fest umklammert. Fabian gab alles. Sein Becken klatschte in enormen Stößen auf Robins Arsch. Ich musste mich aus Dario zurückziehen, weil ich sonst von der kleinsten Bewegung gekommen wäre. Aber ich wollte jetzt noch keinen Orgasmus. Jetzt wollte ich erst meinem geilen Freund zusehen, wie er diesen süßen Kerl fertigmachte. So kannte ich Fabian gar nicht.

Dann endlich schrie Robin laut auf und verkrampfte sich. Unter Fabians harten Stößen schoss er sich das Sperma über den Bauch. Er zuckte eine ganze Weile unkontrolliert. Mein Freund hörte allerdings nicht auf, ihn zu ficken. Schließlich fiel Robins Kopf wieder zurück und er ließ sich weiter von Dario küssen.

»So, Nummer eins wäre geschafft.« Fabian stand mit steinharter Latte von der Couch auf.

»Nummer eins?«, fragte ich irritiert.

»Na, den Arsch willst du doch nicht mehr, oder?« Er deutete auf Dario, der noch immer knutschend über Robin gebeugt war und sein fickbereites Loch präsentierte.

Fabian lachte. »Du weißt echt nicht, was ich vorhabe?«

»Öhm …«

»Na, letztes Mal warst du in der Mitte. Ich will auch mal!« Er zog sich ein neues Kondom über und trieb seine Latte in Dario, der sie willig aufnahm. Robin hatte sich inzwischen etwas tiefer vorgewagt und lutschte Darios Schwanz, während der sich an der Lehne abstützte. Okay, das würde nicht allzu lange gutgehen. Wenn ich Fabians Wunsch erfüllen wollte, musste ich mich beeilen. Hastig riss ich das Gummi herunter und zog mir ein neues auf. Ich gab viel zu viel Gleitmittel in die Ritze meines Freundes. Dann drückte ich ihn vor und suchte mit der Eichel das Loch. Fabian schrie laut auf, als ich es gefunden hatte und gleich ein gutes Stück in ihn rutschte.

»Sorry, soll ich …«

»Fick mich!«

Ich zögerte einen Moment, weil seine Stimme so rau und ungehalten klang. Aber er meinte es offenbar ernst, denn sein Becken schob sich vorsichtig hin und her. Immerhin, das Kribbeln in meinem Unterbauch hatte sich erst mal verzogen. Ich presste meinen Schwanz ganz vor und Fabian schrie wieder laut auf. Dann drückte er mich mit dem Arsch ein Stück weg und fing an, wie wild zwischen Dario und mir zu stoßen. Seine Rückenmuskeln traten richtig hervor.

Bald schon keuchte er. »Oh Mann! Ich halt's nicht aus!«

Offenbar stand er kurz vor dem Orgasmus. Ich drängte mich vor und rammte ihn mit aller Kraft. Ich wusste, wenn er erst gekommen war, dann wollte er meinen Schwanz nicht mehr im Arsch haben. Also musste ich schnell dafür sorgen, dass das Kribbeln zurückkam.

Fabian stöhnte und schrie. Auch Dario keuchte laut vor sich hin, während Robin zwischen seinen Beinen Schmatzgeräusche von sich gab. Der Kleine hielt tatsächlich schon wieder einen Steifen in der Hand und bearbeitete sich zügellos.

Ich konzentrierte mich auf den Rücken meines Freundes, der vor meinen Augen arbeitete. Ich dachte daran, dass sein Schwanz jetzt gerade in Dario steckte, während ich ihn fickte. Robin da unten musste einen Hammerausblick haben …

Fabian hielt inzwischen nur noch still. Offenbar reichten ihm meine Stöße. In diesem Moment merkte ich auch schon, wie sich sein Schließmuskel zuckend um meine Stange zog. Er stöhnte laut auf und zitterte am ganzen Körper. Immer wieder massierte mich seine Muskulatur zusätzlich zu den Stößen. Das Kribbeln hatte lange auf sich warten lassen, aber jetzt war es plötzlich da und so stark, wie ich es selten erlebt hatte. Fast augenblicklich explodierte ich. In voller Anspannung trieb ich meinen heiß pumpenden Schwanz bis zum Anschlag vor und hielt vor Verzückung inne. Mein Herz raste und mir wurde schwarz vor Augen. Mit einem Mal gab es nur noch diesen Rausch, der einfach nicht nachlassen wollte.

Mit etwas Verzögerung kam auch Dario. Das bekam ich aber nur mit, weil mein Höhepunkt langsam wieder abnahm. Ich zog mich schwerfällig aus Fabian zurück und half ihm auf. Gemeinsam sahen wir zu, wie Dario sein Sperma auf Robins Brust ablud. Es schien gar nicht mehr aufzuhören. Bevor der letzte Spritzer gelandet war, verkrampfte sich Robin zum zweiten Mal und spritzte erneut ab. Auf seinem bebenden Oberkörper bildete sich eine wahre Spermaflut.

»Heilige Scheiße!« Dario ließ sich zur Seite fallen. Mit den Armen über dem Gesicht blieb er liegen.

Ich legte mich in den Sessel und zog Fabian zu mir. »Und? Wie war's?«

»Geil!« Mein Freund kuschelte sich an mich.

»Danke Jungs!«, murmelte Dario.

»Immer wieder gern«, antworteten Fabian und ich gleichzeitig.

Robin grinste frech. »Jemand Bock auf eine zweite Runde?«

Ich warf ihm eins der Kissen vor den Kopf und wir lachten.

* * *

Eine halbe Stunde später saßen wir in Shorts und Shirts beieinander. Alle außer Robin tranken Whiskey.

»Wenn ihr wollt, könnt ihr heute Nacht hier bleiben«, sagte Dario.

Fabian und ich sahen uns an. Eigentlich hatten wir nicht vor …

»Ihr wollt doch nicht wirklich noch fahren mit euren zittrigen Beinen!« Dario schüttelte den Kopf. »Also mir wär das ja zu blöd, jetzt noch raus zu müssen.«

»Und ihr verpasst die zweite Runde!« Robin nickte eifrig.

Ich warf ihm auch noch das andere Kissen vor den Kopf.

»Hey! Immer diese Schlaffis, die auf *K.O.* in der ersten Runde spielen!«

Ich stöhnte. »Ich glaube, ich kann jetzt eine Woche nicht mehr vögeln.«

Fabian sah mich entsetzt an. »Was? Eine Woche?«

»Ja, kaputtgefickt.«

Robin versuchte uns weiterhin zu überzeugen: »Wir werden euch morgen auch ganz lieb wecken, wenn ihr versteht …« Er ließ die Augenbrauen wippen.

»Mmh«, machte Fabian. »Nick hat sich ja soeben eine Woche lang ausgeklinkt, was die netten Sachen angeht … Aber morgen – mmh, ich glaub, das geht.«

Ich biss Fabian sanft in die Schulter. »Nur weil ich mal eine kleine Pause brauche, musst du nicht gleich jedes Angebot annehmen!«

»Hey, das war auch nicht irgendein Angebot«, meckerte Robin. »Das Angebot kommt von uns. Erinnerst du dich? Dario und Robin. Wir haben gerade für euch den Arsch hingehalten!«

Ich grinste. »Na gut, das ist was anderes!«

»Fein! Komm ich also doch noch zu einer weiteren Runde.« Robin lachte.

Ich verzog das Gesicht. »Können wir jetzt aber bitte das Thema wechseln? Wie gesagt, eine Woche …«

ÜBERFALLKOMMANDO

»Mann-Mann-Mann. Das ist schon eine heftige Nummer, oder?« Ich sah in Ahmeds Augen, dass er ebenso nervös war wie ich. Bei unserem aktuellen Projekt war das allerdings auch kein Wunder. Seit dem Dreier vor ein paar Wochen war mit Nick und Fabian nichts mehr gelaufen. Das war seltsam, weil sie sich mit Ahmed bereits darauf geeinigt hatten, dass es eine Fortsetzung geben sollte. Nach der kleinen Verschwörung, die mein Freund mit den Jungs ausgeheckt hatte, um mich zu überraschen, war das lediglich die logische Konsequenz. Dazu noch die vielsagenden Blicke in der Bar. Nick schaute immer so gierig, dass man meinen könnte, er wollte jeden Moment über die Theke springen, um mich vor allen Leuten zu vögeln. In Fabians Augen lag dagegen dieser sehnsüchtige Wunsch, flachgelegt zu werden. Genau das nahm Ahmet sich ja vor. Trotzdem passierte nichts. Offenbar hatten sich die Jungs vorgenommen, doch wieder brav zu sein und erst mal keinen Sex mehr mit anderen zu haben. Sie verschwanden jedenfalls meist genauso schnell, wie sie in der Bar auftauchten. Ein paar Blicke, mehr nicht. Nicht mal ein heißer Kuss von Fabian. Dann teilte mir Michael vor ein paar Tagen sensationslüstern mit, dass die zwei Süßen es jetzt Gerüchten zufolge mit jedem trieben. Ich lächelte normalerweise lediglich milde über den Szenetratsch. In dem Fall allerdings wusste ich ja, dass die Jungs ein wenig experimentierfreudiger geworden waren. Schließlich hatte ich mit ihnen einen Dreier gehabt. Laut Michael hatten sie aber ihre Wünschelruten in Richtung Dario und Robin ausgefahren, die das natürlich eifrig herumerzählten. Ausgerechnet die! Ich musste mir eingestehen, dass mich das ziemlich getroffen hatte. Die beiden ließen Ahmed und mich für ein anderes Pärchen hängen? Ob ich ihnen vielleicht zu alt war? Neunundzwanzig. Das war in schwulen Kreisen kurz vorm Eintritt in die Seniorenliga.

»Hallo? Pennst du?« Ahmet riss mich aus meinen Gedanken.

»Nein-nein«, sagte ich schnell.

»Bekomm ich dann auch eine Antwort?«

»Eine Antwort?«

Ahmed rollte mit den Augen. »Soviel dazu, dass du nicht pennst. Heftige Nummer. Zweifel, ob das richtig ist? Wieder da?«

»Ach ja! Ja, also – das ist heftig, da hast du recht.« Ich zögerte, als ob ich erst überlegen müsste. Dabei stand die Sache für mich längst fest. »Sie haben es allerdings verdient!«

Ahmet schürzte die Lippen und wiegte den Kopf hin und her. »Sagen wir mal so, sie dürfen schon noch rumficken, mit wem sie wollen. Das musst du ihnen lassen.«

Ich lachte. »Hallo? Die verschmähen uns beide und treiben es lieber mit Bück-dich und Fick-mich?«

Ahmed boxte mir auf die Schulter. »Du bist nur neidisch!«

»Na klar bin ich neidisch!« Ich gab den Empörten. »Wer verzichtet denn bitte auf einen geilen Latino und seinen – ähm, halbwegs männlichen Türkenfreund?«

Ahmeds Augen verengten sich zu Schlitzen. Er sah mich warnend an. »Mach so weiter, dann ist die Aktion geplatzt! Dann zeig ich dir nämlich sofort mal, wie ich dein Arschloch mit meinem halbwegs männlichen Türkenhammer zum Glühen bringe …«

Ich grinste und bildete mit den Händen eine Waage. »Moment, links eine absolut abgefahrene Racheaktion, die in die Sexgeschichte eingehen wird. Rechts ein glühender Wutfick mit meinem Freund. Links ein gut durchgeplantes Szenario inklusive Rudelbumsen. Rechts eine nette Zweierkiste, die ich aber jederzeit herbeiführen kann, wenn ich nur frech genug bin. Mmh, das ist echt schwer …«

»Ich schwöre dir, du hast es gleich geschafft! Glaub mir, danach gehst du nirgends mehr hin. Die werden dich breitbeinig aus der Wohnung tragen!«

Glücklich zog ich Ahmed in meine Arme. Das immerhin war ein Verdienst, den ich Nick und Fabian hoch anrechnen musste: Seit dem besagten Dreierabend kehrte mein Freund immer stärker den Macho heraus. Das gefiel mir.

»Du weißt, dass es mir nichts ausmachen würde, unseren Plan über den Haufen zu schmeißen? Sex mit dir reicht mir vollkommen. Sex mit anderen ist lediglich wie eine Praline zum Schokoladenkuchen.«

»Was ist das für ein beschissener Vergleich?« Er sah mich böse an. »Die anderen sind feine Pralinen und ich ein plumper Kuchen?«

Ich lachte laut. »Sachertorte, Baby!«

»Ja-ja, drei Stücke und du kotzt im Kreis …«

»Sachertorte, von der man endlos essen kann und doch nie genug hat.«

»Klingt schon besser.« Ahmed schüttelte jedoch den Kopf. »Ich bin aber immer noch neidisch, dass du die anderen als Praline wertest. Los, lass uns die Schweine fertigmachen!«

»Oh, jetzt ist der Plan nicht mehr zu heftig?«

»Ich hab lediglich festgestellt, dass es heftig ist, ich hab nicht gesagt, dass es nicht gut ist.« Er zwinkerte.

»Komm, lass dich noch mal küssen. Du siehst heiß aus als Verbrecher.«

Unsere Lippen trafen sich und wir versanken einige Minuten in einen leidenschaftlichen Kuss.

Natürlich machte ich mir dennoch Gedanken, ob das, was wir vorhatten, wirklich okay war. Wenigstens waren Robin und Dario eingeweiht. Als Ahmed nämlich bei den beiden aufgrund der Gerüchte mal nachgefragt hatte, stellte sich schnell heraus, dass wir alle so ziemlich auf einer Wellenlänge lagen. Jeder hatte seinen festen Partner, liebte den Sex mit ihm, wollte aber auch mal mit anderen herumexperimentieren. Bei der Planung für meinen Überraschungsdreier hatte Fabian Ahmed anvertraut, dass er beizeiten mal gern ein paar Fantasien ausleben würde, die das übliche Maß ein wenig überstiegen. Er stand wohl ziemlich auf Rollenspiele. Als mir Ahmed davon erzählte, sah ich sofort das schöne Gesicht des Jungen vor mir. Ständig fragte ich mich, was hinter dieser hübschen Stirn noch alles für dreckige Wünsche schlummerten. In diesem Moment kam mir plötzlich die Idee zu unserem heutigen Abend: ein Rachefeldzug der Verschmähten.

Ahmed war zunächst wenig begeistert gewesen. Aber mit der Zeit hatten wir gemeinsam gesponnen, bis wir schließlich Robin und Dario einweihten. Die nahmen die wahnwitzige Idee überraschend gut auf und im Handumdrehen hatte sie sich in einen handfesten Plan verwandelt.

Jetzt standen wir hier in schwarzer Motorradkluft in der Küche, neben uns eine Ausrüstung, die für jeden Banküberfall reichen würde.

»Geht's los?« Ahmeds Stimme bebte vor Aufregung.

»Ja.« Ich schnappte mir meinen Rucksack.

Wir fuhren etwa zehn Minuten, bis wir vor dem kleinen Mehrfamilienhaus hielten. Es ging auf drei Uhr zu und alles schien zu schlafen. Keine Lichter in der Straße und noch wichtiger: kein Licht in der zweiten Etage.

Es war nun gut vier Stunden her, seit Nick und Fabian in der Bar nach ihrem Fickpärchen gefragt hatten. Ich war ganz schön aufgeregt gewesen.

Danach waren sie ziemlich schnell aufgebrochen und hatten sich wahrscheinlich die nächsten zwei Stunden die Seele aus dem Leib gefickt. Bis jetzt genug Zeit, um sich wieder einigermaßen zu erholen. Ich las mir zum vierten oder fünften Mal Robins SMS durch: *Alles nach Plan. Gehen gleich pennen.* Ich schrieb ihm nun zurück, dass das Einsatzkommando vor Ort Stellung bezogen hatte.

Ahmed atmete schnaufend aus. »Boah, hoffentlich sieht uns keiner. Die rufen doch sofort die Bullen!«

»Jammer nicht rum, wir ziehen das jetzt durch! Wo ist denn der Macho, den du vorhin noch draufhattest?«

»Du weißt ja, in Deutschland kommen zuerst die Türken in den Knast. Als Latino solltest du dich allerdings auch nicht so sicher fühlen.«

»Falsches Land. Das mit den Latinos ist Amerika.«

»Zumindest passt unsere filmreife Nummer. Wenn wir erwischt werden, schaffen wir es vielleicht nach Hollywood.«

»Zur Not klopfen wir bei den Pornoproduktionen in Kalifornien an.«

»Okay, du hast gewonnen. Porno überzeugt mich.«

»Immer noch Bedenken?«

»Na ja, es wird ja wohl schon ein etwas deftigerer Streifen ...«

»Ein bisschen Action hat noch niemandem geschadet!«

Mein Handy piepste und ich erhielt den Startschuss für unsere Operation. »Es geht los!«

Eilig stiegen wir aus und gingen über die Straße zur Haustür. Wie verabredet hörten wir den Türsummer und konnten das Haus betreten. Erst hier zogen wir die Skimasken auf, sodass nur unsere Augen zu sehen waren. Dann rüsteten wir uns mit den Waffen aus. Natürlich war keine davon echt, aber das würde ohnehin niemand merken. Als ich die Dinger gekauft hatte, war ich vollkommen baff gewesen, wie realistisch sie aussahen. Besonders stolz war ich auf das Schnellfeuergewehr, das ich mir jetzt über die Schulter warf. Auf Messer hatten wir lieber verzichtet und auch Robin und Dario sicherheitshalber sämtliche waffenähnlichen Gegenstände aus ihrer Wohnung entfernen lassen. Es sollte ja nur ein kleiner Racheakt werden, kein unkontrolliertes Massaker.

»Alles parat?«, fragte ich und Ahmed nickte.

Wie echte Einbrecher stahlen wir uns die Treppe hinauf. Vor der Wohnungstür atmete ich noch mal tief durch. Jetzt galt es, das richtige Maß zwischen Bedrohlichkeit und Nachtruhe zu treffen. Mir wäre es ja am liebsten gewesen, wenn unsere beiden Mitverschwörer ihre Nachbarn auf eventuellen Partylärm hingewiesen hätten. Da Nick und Fabian ihre Sexdates allerdings nicht planten, sondern auf spontane Geschichten standen, fiel diese Vorsichtsmaßnahme notgedrungen weg. Blieb zu hoffen, dass niemand aufwachte und die Polizei rief.

»Kann's losgehen?« Ahmeds Stimme zitterte ein wenig.

»Gleich bitte nicht die Mädchenstimme auspacken, ja? Die sollen sich erschrecken und nicht totlachen!«

»Arschloch!«

Anstatt zu antworten klopfte ich laut gegen die Tür. Es hallte durch den Flur. Aber da das Licht im Treppenhaus nicht brannte, würde uns ohnehin niemand sehen können.

Es dauerte eine gefühlte Ewigkeit, bis ich endlich Geräusche in der Wohnung hörte. Ich hämmerte noch mal gegen die Tür, was ein dumpferes Klopfen erzeugte. Klang bedrohlicher.

Jetzt waren Stimmen zu hören. Robin und Dario mussten natürlich ihre Rollen spielen und genauso überrascht tun wie die anderen beiden. Daher ließen sie sich wohl so viel Zeit. Niemand, der aus dem Schlaf gerissen wurde, stand ja gleich an der Tür.

Ich hämmerte heftiger gegen die Tür. Als Antwort drang aufgeregtes Gerede nach draußen. Dann endlich wurde geöffnet und wie verabredet, ließ sich der schmächtige Robin zurückdrängen. Er schrie spitz auf, was ziemlich echt klang. Unsanft brachte ich ihn in meine Gewalt, während Ahmed nach mir die Wohnung stürmte und die Tür hinter sich zuwarf.

»Was ...«, fing Dario an. Er blieb mit gespieltem Schrecken im Türrahmen zum Flur stehen. Im Wohnzimmer bewegten sich die anderen beiden hektisch. Ich sah flüchtig, dass sie dabei waren, sich anzuziehen. Fast hätte ich gelacht.

»Rein da!«, raunte ich mit verstellter Stimme. »Los! Sonst knall ich deinen Freund hier ab!«

»Bitte ...«, flehte Dario und ich war auch von ihm überrascht, wie gut er seinen Part spielte.

»Fresse!« Ahmed bedrohte ihn mit der Waffe.

Dario wich nach hinten ins Wohnzimmer zurück. Als wir das Zimmer betraten, standen Nick und Fabian mehr schlecht als recht angezogen da und starrten uns mit bleichen Gesichtern ungläubig an. Fabian hatte tatsächlich sein Handy in der Hand. Verdammt, daran hatte ich gar nicht gedacht! Allerdings von gerade bis jetzt war wohl kaum eine Verbindung zustande gekommen. Nur vom nächtlichen Klopfen rief man ja noch nicht die Polizei. Nach unserem Eindringen war es zu spät gewesen.

»Fallen lassen!« Ich brüllte wie ein Tier und zeigte mit der Pistole auf ihn.

Schockiert ließ Fabian das Telefon los.

»Da rüber! Kniet euch auf die Couch! Hände schön nach hinten, dass ich sie sehen kann. Wenn ihr irgendwelche Spielchen macht, ist euer Kumpel hier Geschichte!«

Robin jammerte und Dario rief erschrocken: »Nein!«

Die beiden spielten sensationell!

»Ach du Scheiße!«, meldete sich Nick nun etwas verspätet zu Wort. Dann folgte er Fabian vorsichtig zur Couch und kniete sich brav neben ihn.

»Die Handschellen, Donald!«, sagte ich zu Ahmed.

»Alles klar, Mickey!«

Ich sah an seinen Augen, dass er unter der Maske grinste. Die Namen gingen auf sein Konto. Mir waren sie ja zu verspielt. Aber immerhin stimmte ich ihm zu, dass es okay war, ganz offensichtlich Decknamen zu nutzen.

»Was …«, fing Dario wieder an.

»Fresse!« Alle zuckten bei meinem Schrei zusammen.

Es dauerte einen Moment, bis Ahmed unseren beiden Freunden die Handschellen angelegt hatte.

»Hatte ich nicht gesagt, dass du auch auf die Couch sollst?« Ich sah Dario bedrohlich an.

»N-nein, nein.« Er eilte zu den anderen hinüber, um sich ebenfalls Handschellen anlegen zu lassen.

Robin wimmerte in meinen Armen.

»Ja, du hast allen Grund, Angst zu haben. Dein feiner Kumpel hier hätte dich gerade um ein Haar umgebracht.« Ich sprach diese Sätze mit so viel psychopathischem Charme, wie ich aufbringen konnte.

»Bitte …«, flehte Robin. »Was immer ihr wollt, nur tut uns nichts …«

»Wer sagt denn, dass wir nicht genau *das* wollen?« Ich lachte wie ein Irrer.

»Oh mein Gott, oh mein Gott, oh mein Gott!« Nick quasselte plötzlich vor sich hin. Dann beugte er sich nach vorn, weil er sich offenbar nicht mehr aufrecht halten konnte. Ahmed riss ihn sofort wieder hoch und ich war überrascht, wie kraftvoll er das machte. Nick schrie entsetzt auf. Noch erstaunlicher war allerdings die Tatsache, dass ausgerechnet Nick so schnell zusammenbrach.

»Donald, lass ihn!«, sagte ich. »Wir werden euch nichts tun, wenn wir unseren Stoff kriegen.«

Die Worte hingen einen Moment im Raum.

»W-was denn für ein Stoff?« Robin nuschelte in meinen Arm. Er klang absolut ängstlich.

»Ihr wisst genau, welchen Stoff ich meine!«

»N-nein. W-wir haben keinen Sto-stoff.«

»Also ist dieser kleine Wichser da hinten nicht vor einem Monat bei meinem Boss aufgetaucht und hat nach einem Job gefragt?«

»W-was?« Robin tat völlig überrascht.

Jetzt war es Dario, der nach vorn kippte. Er schluchzte laut, was nun nicht mehr ganz so echt klang, aber immer noch gut genug, dass es in einer solchen Stresssituation nicht auffiel.

»Was hast du gemacht?« Robin schrie plötzlich.

»Es tut mir leid!«, heulte Dario. »Ich hab den Stoff nicht mehr!«

»Bist du bescheuert?«, mischte sich Fabian ein. »Wer hat dir eigentlich ins Gehirn geschissen?«

»Und wer hat dich zum Reden aufgefordert?« Ahmeds Stimme klang kalt. Er drückte Fabian den Pistolenlauf in den Rücken.

»Wie viel?« Das war Nick. »Wie viel Geld wollt ihr?«

»Zehntausend«, antwortete ich.

»Was?« Fabian drehte sich wieder Dario zu. »Du hast den Verstand verloren, oder? Wie scheiße kann man sein, sich bei solchen Typen ...«

»Ruhe!«, rief ich.

Nick sagte: »Wenn wir alle zusammenwerfen, dann kriegen wir das mit der Kohle vielleicht hin.«

Dario schluchzte übertrieben auf. »Wir haben nicht so viel Geld, darum hab ich doch auch so einen Scheiß gemacht!«

»Wo ist dann der Stoff?«, fragte ich genüsslich.

»Den hab ich verloren!«

»Verarsch uns doch!«, ging Fabian wieder dazwischen. »Wie kann man Stoff für zehntausend Euro mal eben verlieren? Du willst uns verarschen!«

»Letzte Warnung!«, sagte Ahmed und drückte die Pistole so fest in Fabians Rücken, dass dieser sich nach vorn beugen musste. Mit den Händen auf dem Hintern blieb er auf der Rückenlehne liegen.

»Aber Donald!« Ich lachte psychopathisch. »Der Kleine scheint der einzig Vernünftige zu sein. Wär doch schade um ihn.« Ich ließ meinen Blick über die prall gefüllte Jeans gleiten. Es wurde Zeit, das Spiel ein bisschen voranzutreiben.

Nick versuchte es noch mal: »Wir kriegen das mit dem Geld hin!«

Ich grinste. »Mein Boss will die Kohle aber schnell. Ihr seht nicht so aus, als würdet ihr im Geld schwimmen. Wohnt ihr hier zu viert?«

»N-nein«, sagte Robin, »das sind Freunde.«

Ahmed stieg auf meine Vorgabe ein: »Ey guck mal Mickey, da liegen überall Kondome!«

Ich ließ diese Information erst mal ein wenig wirken. Keiner sagte etwas.

»Was für Freunde seid ihr denn?«

Niemand antwortete.

»Habt ihr euch etwa gegenseitig gefickt?«

Als noch immer keine Antwort kam, sagte Ahmed: »Bestimmt! Die sahen mir gleich alle ziemlich schwul aus.«

Ich stieß Robin zur Couch rüber. »Donald, fessel ihn auch!«

Plötzlich ging wieder das Gewimmer los.

»Keine Angst, wir sind ganz lieb zu Schwulen. Donald, wolltest du nicht immer schon einen Männerarsch beglücken?«

»Bock hätt ich …«

Ich nahm das Gewehr von der Schulter und trat vor die Gruppe. Mit aufgerissenen Augen schauten sie auf die Waffe. Nick und Fabian waren so bleich wie die Wand.

»Na? Wie viel sind eure Ärsche denn wert?«

Fabian sah zu mir auf. »Zehntausend!«

Das musste man dem Blonden lassen, er hatte wirklich Eier in der Hose.

Ich lachte. »Okay, sagen wir es mal so, wenn wir ein wenig Spaß mit euch haben dürfen, dann erklären wir unserem Boss das mit dem Stoff irgendwie. Dafür gehören eure Ärsche allerdings uns bis eure Schulden abbezahlt sind!«

Robin und Dario nickten heftig und es war klar, dass sie soeben spitz wurden. Nick und Fabian schienen noch immer zu geschockt, um das mitzubekommen.

»Gut, wir sind ja nicht so. Wer nicht will, der muss auch nicht. Donald, lass mal deine Hose runter.«

Ahmed folgte meiner Anweisung und öffnete den Reißverschluss seiner Hose. Kurz darauf stand er mit blankem Ständer da und alle vier Jungs starrten ihn an.

»Zehntausend ist keiner eurer Ärsche wert. Wer bietet weniger?«

»Fünftausend«, sagte Dario mit gierigem Blick.
»Bist du bescheuert?« Fabian fauchte ihn an. Aber dann musste er irgendwas in Darios Augen gesehen haben, das ihn stutzig machte.
Robin halbierte den Preis: »Zweitausendfünfhundert!«
Nick stöhnte kopfschüttelnd, während Fabian die Stirn runzelte.
Dario verteidigte sich. »Komm schon, der Schwanz ist geil, oder nicht?«
»Mein Arsch für tausend.«
Nick stöhnte lauter.
»Fünfhundert«, sagte Fabian.
»Verlierst du jetzt auch deinen Verstand?«, flüsterte Nick.
»Warum? Bei dem Preis wird jeder von uns fünfmal gefickt. Klingt doch ganz okay, oder?«
Nick legte wortlos den Kopf auf die Lehne.
»Zweihundertfünfzig!«
»Ach was, fünfzig!« Damit ging Ahmeds Fick an Fabian, weil Robin und Dario offensichtlich verwirrt darüber waren, dass der tatsächlich weiter mitbot. Langsam dämmerte ihnen wohl, dass der Blonde das Überfallkommando durchschaut hatte.
»Fünfzig Euro pro Fick ist ein guter Preis.« Ich rieb mir die Hände.
Ahmed lachte. »Was meinst du, Mickey, wie viel wir heute schaffen?«
»Na, mit ein paar Pausen kriegen wir vielleicht jeden zwei Mal durch.«
»Vier Runden für jeden?«
»Tja, die Jungs sind schon ziemlich billig, was? Das macht für heute Abend gerade mal vierhundert Tacken! Wir könnten aber noch ein paar Kerle anrufen und die Ärsche für hundert pro Schuss verkaufen.«
Ahmed schüttelte den Kopf. »Ständig diese Geldeintreiberaufträge, die regelmäßig in Gangbangs enden.« Er schlug Nick auf den Po. »Na? Lust auf Rudelficken?«
Grinsend zog er ein Gummi aus der Tasche und rollte es sich über. Dann positionierte er sich hinter Fabian und riss ihm die Hose runter. Bevor er in ihn eindrang, holte er noch eine Tube Gleitgel aus der Brusttasche und verteilte das Zeug freigiebig zwischen den Arschbacken des Blonden. Fabian stöhnte laut auf, als Ahmed sich in ihn schob.
»Schnauze!« Ich richtete das Gewehr auf ihn.
Ahmed hielt Fabian die Pistole an den Kopf, während er kraftvoll in ihn pumpte. Mein kleiner Macho!
»Und? Wie ist der Arsch?«, fragte ich.

»Geil! Schön eng! Willst du etwa auch?«

»Klar!« Ich rieb mir den Schritt.

»Tausend«, gab Fabian keuchend sein Gebot ab.

»Fünfhundert.«

»Zweihundertfünfzig.«

»Mein Arsch kostet ebenfalls nur fünfzig!« Nick unterbot die anderen mit zittriger Stimme. Offenbar hatte er sich von seinem Schock etwas erholt und das Spiel nun verstanden.

»Donald? Würdest du den Gewinner bitte für mich vorbereiten?«

Ahmed zog sich aus Fabian zurück und riss nun Nick die Jeans hinunter. Auch ihn bedachte er mit einer ordentlichen Portion Gleitgel.

»Ihr zwei! Hier rüber, sofort!« Ich deutete mit dem Gewehr auf Robin und Dario, die mir dankbare Blicke zuwarfen. »Ich will was sehen! Wenn die Show gut ist, erlassen wir euch weitere hundert Euro!«

Mit hinter dem Rücken gefesselten Händen standen sie vor mir. Ich schob ihnen die Shorts runter und legte zwei ansehnliche Latten frei.

»Braucht ihr Kondome?«

Dario nickte, also zog ich aus meiner Einsatztasche einen Präser hervor und rollte ihm den Schutz über. Dann ließ ich mir von Ahmed das Lube reichen, verteilte etwas davon auf meinen Fingern und rieb sie zwischen Robins Backen. Willig reckte er sich mir entgegen. Ich merkte sofort, dass er vor kurzem noch einen Schwanz drin gehabt hatte. Problemlos rutschten gleich drei meiner Finger in ihn hinein.

Ich seufzte. »Der ist ja frisch gefickt! Den Rest schafft ihr selbst, oder?«

Beide nickten eifrig.

Immer noch mit dem Gewehr im Arm trat ich vor die Couch. Ahmed fickte mittlerweile wieder seinen Fabian, während er Nick daneben fingerte, um ihn auf mich vorzubereiten.

»Danke, Donald.« Ich öffnete grinsend meine Hose.

»Gern, Mickey.«

Langsam fiel auch von mir die Anspannung des Rollenspiels ab und ich ging nun vollends auf den Pornomodus über. Das Gewehr ging neben mir zu Boden und ich schälte mich eilig aus der Motorradkluft. Nur die Maske behielt ich auf, obwohl mir viel zu heiß darunter war. Irgendwie machte es mich an.

Kaum dass ich das Kondom abgerollt hatte, drang ich schon in Nick ein und schob mich gleich bis zum Anschlag durch. Nick röhrte wie ein Elch und sein Schließmuskel krampfte sich immer wieder um mich. Aber er drückte sich auch gegen mich, also konnte es nicht ganz so wild sein.

Vor uns beugte Robin sich vor und reckte den Arsch hoch, um seinem Freund das Einlochen zu ermöglichen. Der versuchte zwei Mal den wippenden Schwanz ins Ziel zu bringen, glitt jedoch ab. Mit hinter den Rücken gebundenen Händen war das ja so eine Sache.

»Wir erlassen euch tausend Euro, wenn du es schon beim nächsten Versuch schaffst«, sagte ich.

Ahmed sah mich fragend an, dann blickte er zu unseren Mitverschwörern hinüber und verstand, was ich meinte.

»Zweitausend, wenn du dabei auf einem Bein stehst!«

»Fünftausend, wenn ihr beide auf einem Bein steht!«

Die Jungs kicherten und rückten noch ein Stück näher zusammen. Dann zogen sie artig die Beine an und Dario stach zu. Aber sein Schwanz rutschte über das Loch hinweg.

Ahmed johlte. »Oooh, schade!«

»Für jeden weiteren Versuch gibt's einen Tausender weniger«, legte ich die Regeln schnell fest. »Na los, der Knabe ist nass und willig. Wird ja wohl nicht so schwierig sein, da was unterzubringen.«

Bei zweitausend hatten sie es endlich und wir jubelten. Dario fickte Robin allerdings so wild, dass der nach ein paar Stößen aus dem Gleichgewicht kam und sie erneut einlochen mussten. Diesmal schafften sie es gleich beim zweiten Versuch. Viertausend Euro Schuldenerlass.

Da nun allgemeines Ficken angesagt war, konzentrierte ich mich wieder auf Nick, den ich die ganze Zeit über in sanftem Rhythmus auf Betriebstemperatur gehalten hatte. Jetzt beschleunigte ich meine Arbeit und rammte dessen Hintern ebenso kraftvoll, wie Ahmed es bei Fabian tat. Bald schon ergab sich der nächste Wettbewerb: wer seine Stute lauter zum Schreien brachte … Ahmed zog sich teilweise komplett aus Fabian zurück, nur um dann mit aller Kraft hineinzupreschen. Fabian schrie und stöhnte so hemmungslos, dass ich davon überzeugt war, er wollte meinem Freund helfen, mich zu übertrumpfen. Das ergab noch mal dreihundert Euro Erlass.

Schlecht war ich aber auch nicht. Ich knallte Nick so schnell, dass der gar nicht dazu kam, nur ein einziges Stöhnen ununterbrochen auszustoßen. Das klang eher wie Stottern. Daher drehte ich den Spieß um. Es gab fünfhundert Euro Schuldenerlass für denjenigen, der trotz harter Stöße leiser war als die anderen.

Fabian verlor sofort. Ahmed traf wohl genau das Lustzentrum. Nick dagegen biss offenbar ordentlich die Zähne zusammen. Aber ich musste zugeben, dass ich auch nicht alles gab. Das änderte sich umgehend, als der Sieg eingefahren war. Völlig rücksichtslos fickte ich Nick danach gegen die Lehne, sodass er bald mit dem Oberkörper darüber lag. Ich stieg einfach hinterher und legte mich mit meinem ganzen Gewicht auf ihn, um meinen Schwanz so tief wie möglich in ihn vorzutreiben. Dann – ohne dass ich es wollte –, blitzte es plötzlich vor meinen Augen und ich ergoss mich in einer Flut aus heißen Orgasmuswellen. Ich musste mich richtig festhalten, damit ich nicht vornüber von Nick herunterfiel. Mein ganzer Körper zitterte wie verrückt.

Ahmed folgte mir wenig später und kurz darauf kam auch Dario.

Ein paar Minuten hingen wir alle wie schlappe Marionetten da. Dann befreiten wir die Jungs von ihren Fesseln. Fabian rieb sofort seinen Schwanz und sagte: »Fünfhundert zurück, wenn mir jetzt einer einen bläst.«

Wir waren alle erschöpft. Aber dass die drei Gefickten noch zum Abschluss kommen mussten, leuchtete ein.

»Tausend?«, fragte Fabian.

»Damit treibt ihr eure Schulden wieder in die Höhe, das ist klar, oder?«

»So sind Männer, sie zahlen für Sex.«

»Oder sie sichern sich damit die nächste Spielrunde …«

Fabian lachte.

»Tausend ist okay.« Seufzend ließ ich mich vor ihm auf die Knie. Seine Stange schmeckte salzig und war vollkommen nass von all dem Vorsaft. Nur am Rande bekam ich mit, dass Ahmed und Dario zu erschöpft waren und Robin sich mit Nick auf einen Neunundsechziger einigte.

Ich legte meine Hand um Fabians Schwanz und wichste ihn, während ich gekonnt mit der Zunge die Eichel umspielte. Zwischendurch nahm ich ihn immer wieder tief in den Mund. Es dauerte nicht lange, bis der Blonde laut aufstöhnte. Mit einem Ruck riss er mir die Sturmhaube vom Kopf und sah mich verklärt an, während er mir sein Sperma ins Gesicht spritzte. Dann ließ er sich nach hinten auf die Couch fallen.

Ein paar Minuten später waren auch Nick und Robin fertig. Müde raffte ich mich auf, wischte mir Fabians Zeug vom Kinn und torkelte ins Schlafzimmer. Glücklicherweise hatten Robin und Dario ein großes Bett. Kurz, nachdem ich lag, kamen die Jungs einer nach dem anderen. Eng aneinandergepresst schliefen wir ein.

* * *

»Verdammt, wie kommt man denn auf so eine absolute Scheißidee?«, fragte Nick am Frühstückstisch. »Ich hätte mir fast in die Hose gepisst vor Angst!«

Fabian lachte. »Also, Sektspiele hatten wir noch nicht. Das probieren wir erst mal für uns selbst aus, bevor wir damit auf Wandervorstellung gehen.«

Ich schüttelte amüsiert den Kopf.

»Nee, aber jetzt mal ernsthaft.« Nick ignorierte die allgemeine Heiterkeit. »Seid ihr bescheuert?«

»Warum?«, antwortete wieder Fabian. »Ich fand's echt geil!«

»Ach, sag mir nicht, dass du nicht auch kurz vorm Durchdrehen warst!«

»Doch, aber das ist genau das, worauf es ankommt. Erst der absolute Adrenalinkick – und danach geilen Sex.«

»Manchmal hab ich den Verdacht, dass du nicht ganz richtig tickst.«

Fabian schmollte.

»Wenn du zu Hause ausziehen musst«, mischte sich Ahmed ein, »Juan hat sicher nichts dagegen, wenn ich seinen feuchten Traum bei uns einquartiere. Wir haben also jederzeit ein Bett für dich frei.«

Ich knurrte. »Müssen wir jetzt alle intimen Geheimnisse ausplaudern?«

»Typisch Mann«, sagte Robin. »Ficken in allen erdenklichen Varianten kein Problem. Aber wehe man spricht mal über Gedanken und Gefühle.«

Alles lachte. Dann klingelte es plötzlich an der Tür.

»Sonntag?«, sagte Dario und sah überrascht in die Runde.

Nick stöhnte. »Bitte, bitte mach auf keinen Fall auf, okay? Einen falschen Postboten mit Knarre und Ständer in der Hose kann ich jetzt nicht gebrauchen!«

Ich zwinkerte ihm zu. »Warum? Du hast ihn doch noch gar nicht gesehen! Vielleicht gefällt er dir ja?«

»Und dein Loch ist eingeritten«, stimmte Robin zu.

Wir lachten.

Nach dem dritten Klingeln öffnete Dario schließlich und entschuldigte sich die nächsten zehn Minuten für die nächtliche Ruhestörung. Komisch, plötzlich konnten wir ganz still sein.

TABLEDANCE

Vor knapp zwei Wochen hatte Ahmed mir nebenbei am Tresen mitgeteilt, dass Juans dreißigster Geburtstag anstand. Ich horchte sofort auf. Der musste natürlich gefeiert werden! Ein Blick in das Gesicht meines Freundes zeigte mir, dass er da völlig meiner Meinung war. Fabian grinste so anzüglich, dass ich kaum noch meine Finger bei mir behalten konnte. Ahmed war da nicht gar so begeistert. Er erzählte, dass Juan mit seinem Alter zu kämpfen hatte. Klar, dreißig Jahre waren in schwuler Zeitrechnung schon kurz vor der Beerdigung – zumindest, was die sexuelle Attraktivität anging. Da wurde man mit dreißig gnadenlos aussortiert. Einen Moment lang überlegte ich, wie ich mich selbst wohl in vier Jahren fühlen würde. Zum jetzigen Zeitpunkt konnte ich mir nicht vorstellen, dass ich tatsächlich Probleme mit dem Älterwerden bekäme. Fabian wiederum war da anders. Dem waren sogar seine sechsundzwanzig Jahre schon zu alt! Letztes Jahr hatte er stoisch behauptet, fünfundzwanzig und *ein paar Monate* geworden zu sein. Ich machte mich oft genug darüber lustig. Mit fünfzig würde es relativ schwierig werden, die Fragen nach der Anzahl der Monate zu ignorieren … Aber Fabian weigerte sich zu akzeptieren, dass man das Alter nun mal nicht aufhalten konnte. Na ja, irgendwann würde er vielleicht doch noch drüber hinwegkommen. Ich jedenfalls wusste bereits, dass zu meinem Dreißigsten eine Megaparty steigen sollte. Am besten mit Klamottenverbot! Bei dieser Vorstellung – Party, klamottenfrei, Überraschung, Sex – durchzuckte mich ein Geistesblitz. In meinem alkoholisierten Zustand malte ich Fabian ellenlang aus, wie meine Überraschungsparty aussehen sollte. Er hatte sich ganz schön über mich amüsiert. Aber dann kam mir plötzlich eine Idee, die auch ihn mitriss: Warum noch vier Jahre auf meinen Dreißigsten warten, wenn Juan längst so weit war? Einfach mal nicht egoistisch sein und auch an die anderen denken – gerade beim Sex! Erst recht, wenn es um meinen Lieblingsbarkeeper ging. Zudem wäre Juans Party ein guter Probelauf für meine eigene Feier, die dann nur noch besser werden konnte …

Fabian war einverstanden und schon zwei Tage später fanden wir für unsere Partyplanung den perfekten Partner: Ahmed. Juans Freund schaffte es irgendwie, Gerome die Erlaubnis für eine Geburtstagsfeier nach Geschäftsschluss abzuringen. Obwohl Gerome eigentlich ein ganz netter Chef zu sein schien, war er in mancherlei Hinsicht doch recht unentspannt. Wahrscheinlich half Ahmed in diesem Fall, dass der Kerl sich wieder mit seinem Marc versöhnt hatte. Übermäßiger Sex nach einer Durststrecke wirkte sich bisweilen sehr angenehm auf den Gemütszustand mancher Menschen aus.

Kurz vor Mitternacht trafen wir also an der Hintertür des Clubs zusammen. Dario mit Robin, Michael und sein Hannes und natürlich Fabian und ich. Während die Jungs sich über Michaels Klamotten lustig machten – zu seinem Outfit fehlte nur noch eine pinkfarbene Federboa –, klingelte ich bei Ahmed auf dem Handy an.

Ein paar Minuten später öffnete er dann auch die Tür. »Hey, ihr seid früh!«

»Quatsch«, sagte ich, »gleich ist Geburtstag!«

»Wir haben echt Glück, donnerstags ist der Club immer schon vorzeitig leer. Juan sitzt schon im Büro und macht die Tagesabrechnung.« Dann sah Ahmed zu Michael hinüber und grinste. »Schicke Klamotten!«

Alle außer Michael lachten.

»Was denn? Das sieht gut aus!«

Ahmed schüttelte belustigt den Kopf. »Wenn man auf Discokugeln steht!«

»Was?« Michael schrie entsetzt auf. »Seh ich in den Sachen etwa fett aus?«

Wieder lachten alle.

»Entschuldige, ich meinte nicht die Form, sondern den Glitterfaktor.«

»Ach so, aber das passt doch! Wir gehen doch in einen Club!«

Ich seufzte. »Aber nicht zum Tanzen, du Dödel!«

»Wer sagt das? Horizontale Rumba ist mein Spezialgebiet!«

»Ich glaube, du bist ein bisschen Cha-Cha-Cha im Kopf.«

»Warte, bis ich meinen Jive raushole …«

»Jungs«, mischte sich Ahmed ein, »mein Freund wird nicht jünger … Und damit das klar ist, heute gibt es Tabledance. Das tanzt sich mit dem Rücken auf der Tischplatte, die Beine in der Luft.«

Ich grinste. »Wenn die Katze aus dem Haus ist …«

»… ficken die Mäuse auf dem Tisch!«, kreischte Michael.

»Pssst!«

»Sei leise!«

»Bist du verrückt?«

Plötzlich raunten alle durcheinander und Ahmed sah besorgt in den Flur. »Ihr seid echt Pfeifen!«

Michael kicherte. »Sorry. Pfeifen kann ich zwar auch, blasen ist allerdings schöner …«

»Ruhe jetzt und reinkommen!« Ahmed hielt uns die Tür auf.

Ich folgte Michael. Manchmal war er einfach süß – aber nur manchmal …

Wir schlichen durch den dunklen Flur und hörten Juan im Büro schimpfen. Vermutlich hatte er sich verrechnet. Michael musste natürlich wieder kichern. Dass dieser Kerl nie die Fresse halten konnte, unglaublich!

Im Club selbst war das Deckenlicht eingeschaltet. Zum ersten Mal bekam ich mit, wie die Räumlichkeiten tatsächlich aussahen. »Uuh!« Manche Dinge wollte man einfach nicht wissen.

»Dürfen wir jetzt wieder sprechen?«, fragte Michael.

»Moment.« Ahmed schloss die Tür zu den Mitarbeiterräumen.

»Endlich!« Michael warf die Arme in die Luft.

»Hallo?« Ich schüttelte den Kopf. »Das waren keine zehn Sekunden und die hast du nicht mal durchgehalten! Du bist echt schlimm!«

Doch Michael hörte gar nicht zu. »Ist das etwa ein Kondom da?« Er zeigte geziert auf einen der Tische. »Was ist denn hier abgegangen?«

»Wir haben keinen Darkroom«, sagte Ahmed trocken.

»Iiih, es ist ja sogar ein Benutztes!«

»Jetzt tu nicht so, als hättest du dich hier noch nie vögeln lassen«, mischte ich mich ein. »Ich weiß ganz genau, was getrieben wird, wenn ihr euch in die Nischen verzieht!«

»Deshalb gibt es auch keine Discokugeln.« Ahmed lachte. »Rotlicht. Das passt und wirkt stimulierend.«

Ich deutete auf die Lichtschalter. »Dann mach mal das Krankenhauslicht aus …«

»Erst helft ihr mir, hier ein wenig aufzuräumen!«

»Das stand aber nicht im Vertrag!«

»Los Leute, je schneller wir anfangen …« Dario entsorgte den Präser mit einer Serviette.

Das war der Startschuss. So schnell es ging räumten wir den Club auf. Ahmed verzog sich immer wieder kurz zu Juan ins Büro, um zu schauen, wie weit er mit der Bürokratie war. Ich wischte mit einem feuchten Lappen in Windeseile über die Tische. Alle hatten irgendwas in der Hand, um die Bar auf Vordermann zu bringen. Okay, alle außer Michael. Der stand in der

Mitte und gab übertriebene Anweisungen, welche Stellen wir nicht vergessen sollten. Wir ignorierten ihn bestmöglich und zwanzig Minuten später sah der Gastraum einigermaßen vorzeigbar aus.

»So Leute, Juan ist gleich fertig«, sagte Ahmed. »Boah, ihr seid die Wucht. Könnt ihr nicht jeden Abend helfen?«

»Wenn jeden Abend einer von euch Geburtstag hat ...«, sagte ich.

»Oder es jeden Abend zur Belohnung eine Orgie gibt!«, ergänzte Michael.

»Können wir jetzt das Licht ausmachen? Es sei denn natürlich, wir wollen auf die erotische Atmosphäre verzichten und einen Porno drehen ...«

Ahmed grinste breit. »Auch nicht schlecht. Womöglich lässt sich damit ja was verdienen?«

Kurz darauf standen wir in dem gewohnten roten Licht des Clubs.

»Wie wär's noch mit Musik?«

Ahmed legte eine erstaunlich ruhige CD in die Anlage. »So besser?«

»Perfekt.«

»Hannes, verteilst du vielleicht schon die Getränke? Ich schau noch mal nach Juan.«

Ich lachte. »Ob er sich die Rechnungen irgendwo hingestopft hat?«

»Sag Bescheid, wenn du Hilfe brauchst, wir zerren ihn dann gemeinsam raus«, sagte Hannes und kippte ordentlich Rum in Longdrinkgläser.

Ein paar Minuten später saßen wir am Tresen beisammen und warteten. Zu Ehren Juans hatte jeder eine Barcadi-Cola vor sich.

Michael maulte wie immer herum: »Er ist Barkeeper und sein Lieblingsgesöff ist ...«

»Wenn du dich nicht benimmst, gibt's Hausverbot«, unterbrach Hannes seinen Freund.

Michael wedelte mit den Händen. »Ich warte doch bloß, dass es losgeht!«

»Nicht nur du«, mischte ich mich ein. In meinem Bauch kribbelte es heftig. Ich war total gespannt, was alles passieren würde. Was die pikanteren Details anging, hatten wir nichts abgesprochen. Lediglich Fabian und ich hatten uns geeinigt, dass es für heute weder Tabus noch Regeln gab.

Plötzlich ging die Tür hinter dem Tresen auf und Juan stolperte rückwärts heraus. Offenbar musste Ahmed doch erst rabiat werden.

»Ich hab keine Zeit für ...«, fing Juan an, wurde aber von unserem Gebrüll unterbrochen.

»Überraschung!«

Völlig verwirrt drehte er sich um. Er sah richtig geschockt aus.

Michael sprang auf und dirigierte uns ausufernd: »Eins, zwei, drei und …«

Artig stimmten wir *Happy Birthday* an, was sich zwar eher wie ein Abgesang anhörte, aber offenbar doch nicht die Wirkung verfehlte. Juan stand da, wie vom Bus überrollt.

»Was – was macht ihr denn hier? Habt ihr – etwa aufgeräumt?«

»Ja, die sollten öfter nach Dienstschluss vorbeikommen, was?« Ahmed trat wieder hinter den Tresen.

»Von wegen!« Ich ging auf Juan zu. »Komm her, alter Junge, lass dich umarmen!«

Für einen Moment sah Juan aus, als wollte er die Flucht ergreifen. Ob ihm das Älterwerden tatsächlich so viel ausmachte, dass er uns lieber sitzenlassen wollte, anstatt sich feiern zu lassen?

»Nicht abhauen, du würdest was verpassen.« Ich umarmte ihn. Dann hauchte ich ihm ins Ohr: »Alles Gute, schöner Mann. Du wirst von Tag zu Tag heißer!«

Ich spürte seine Hand auf meinem Rücken. Als ich mich wieder von ihm löste, umspielte ein kleines Lächeln seine Mundwinkel.

»Brav, alles andere wäre auch unverschämt gewesen.« Ich zwinkerte ihm zu und machte den anderen Platz. Es dauerte eine halbe Ewigkeit, bis Juan von oben bis unten durchgeknuddelt war. Michael musste es natürlich besonders übertreiben und eine filmreife Show abziehen.

»Das ist echt lieb von euch«, sagte Juan schließlich. »Danke! Ich bin so froh, dass ich heute nicht mehr putzen muss.«

»Ach, darauf würde ich nicht hoffen.« Fabian lachte. »Du weißt ja nicht, was noch kommt – oder wer …«

»Jetzt sag nicht, ihr habt was Versautes geplant!«

»Tu nicht so unschuldig!«, rief Dario. »Insgeheim hast du uns doch schon alle ausgezogen!«

Juan grinste. »Also seid ihr meine Geschenke?«

»Sieben heiße Päckchen, die nur darauf warten, endlich ausgepackt zu werden!«, stimmte Fabian zu.

»Heute gehören wir ganz dir.« Michael schwang die Hüfte. »Tanzen, trinken und – ficken!«

»Na wie gut, dass ich mir gerade auf die Rechnungen keinen runtergeholt habe!«

»Was?«, rief Ahmed mit gespieltem Entsetzen. »*Du* bist das, der die Belege ständig einsaut?«

»Schatz, entschuldige bitte, meine Geschenke warten.« Juan trat zielstrebig auf mich zu.

Ahmed schmollte. »Und was ist mit *mir*?«

»Ich bin mir sicher, dass du auch das eine oder andere Päckchen öffnen darfst, wenn du lieb fragst.«

»Okay. Hallo Robin, darf ich dich auspacken?«

Alles lachte. Dann wurde es wieder einigermaßen still. Jeder schien jeden anzugucken und mit den Augen auszuziehen. Keiner traute sich jedoch, den Anfang zu machen.

»Ganz schön seltsame Atmosphäre, was?«, sagte ich zu Juan, der nun vor mir stand.

»Wenn ich gewusst hätte, dass ihr hier seid, hätte ich euch nicht so lange warten lassen …«

»Ja, so ein Dauerständer und den Kopf voller Erwartungen können ziemlich anstrengend sein …«

»Was hast du denn für Erwartungen?«

»Ich? Nee, es ist dein Geburtstag! Wen interessieren meine Wünsche?«

»Geil!« Juan grinste. »Dann darf ich mit dir anstellen, was ich möchte?«

Sein Gesicht befand sich jetzt gleich neben meinem und ich spürte den heißen Atem in meinem Ohr.

»Was du willst.« Ich ließ meine Hände unter das Shirt gleiten. Mit den Fingerspitzen fuhr ich den muskulösen Oberkörper ab.

»Wir haben ja noch eine Rechnung offen …« Juan drängte sich gegen den Barhocker. Ich zog ihn am Hosenbund näher, sodass ich seinen steifen Schwanz durch den Stoff spüren konnte.

»Was für eine Rechnung?«

Juan seufzte leise. »Wenn ich mir zu meinem Geburtstag alles wünschen darf, dann ist dein Arsch heute fällig.« Er schob sein Becken gegen meinen Schritt und zerrte mich an sich.

»Du weißt doch, dass ich aktiv bin«, flüsterte ich ihm zu. Tatsächlich deckte sich aber Juans Wunsch mit meinem. Fabian und ich hatten besprochen, dass wir völlig ohne Hemmungen an diesen Abend herangehen würden. Dazu gehörte auch, dass es keine Einschränkungen mehr gab. Glücklicherweise war mein Freund damit einverstanden, dass ich mich heute von unserem heißen Barkeeper vögeln lassen wollte.

»Und? Ich steh auch nicht so auf einen Schwanz im Arsch, aber bei dir habe ich eine Ausnahme gemacht.«

»Ich bei dir auch – und gar nicht mal so freiwillig –, wenn ich dich daran erinnern darf. Schau dich doch mal um. Lauter willige Jungs und mindestens die Hälfte lässt sich ohne Widerworte von dir knallen.« Ich packte Juans Arschbacken und presste ihn enger gegen mich. Ich wollte nicht, dass er meine ablehnenden Worte falsch verstand. »Ich kann dir den Schwanz lutschen oder deinen süßen Latinoarsch bearbeiten, wenn du magst.«

»Mmh, klingt nicht schlecht. Aber du willst doch nicht noch mehr Schulden anhäufen, oder?«

»Geht's nur ums Prinzip?« Ich küsste seinen Hals, biss sanft hinein.

Juan grinste. »Nein, ich bin einfach geil auf deinen Arsch. Dass du dich so zierst, macht ihn nur noch wertvoller.«

»Da habe ich wohl was falsch gemacht …« Ich legte meine Hand in den Nacken des Latino und zog in zu mir. Wir küssten uns lang und intensiv.

»Hey!«, unterbrach uns Ahmed. »Damit ist dann das Buffet eröffnet, oder?«

»Moment, nicht so schnell!«, mischte sich Fabian ein. »Juan hat ja noch keins der Geschenke ausgepackt!«

»So ein Mist aber auch«, sagte ich und stieg vom Barhocker. »Da muss dein Wunsch wohl noch etwas warten, Juan, die Geburtstagspflichten rufen.«

»Los-los!« Michael zog Robin und Dario vor den Tresen. »Alle schön hier in einer Reihe aufstellen!«

Irritiert kamen die Jungs der Anweisung nach.

»Ihr auch! Fabian, Nick, Ahmed! Hannes, verflucht, was machst du denn da noch?«

»Whiskey einschenken?«

»Lass das! Jetzt wird ausgepackt! Ich bin ja schon ganz hibbelig vor Neugier, was Juan geschenkt bekommt. Los-los!«

»Du und hibbelig?«, fragte ich amüsiert. »Neeein …«

Aber Michael ließ sich nicht beirren. Mit strenger Hand sortierte er uns der Größe nach und brachte uns auf Linie. Dann stellte er sich dazu.

Juan schien eindeutig überfordert zu sein. Wie benommen saß er auf dem Barhocker und glotzte uns fragend an. »Ihr meint das nicht ernst, oder?«

Michael seufzte. »Lieber Herr! Jetzt laber nicht und pack aus! Ist ja nicht zu glauben! Kann jemand von euch Spanisch? Vielleicht versteht er es dann besser! Ey, hombre – klamottos futschikato nudistiko – caliente Rambazamba – capito?«

Ich lachte. »Mensch Michi, wo hast du denn so gut Spanisch gelernt? Ist ein bisschen blöd, dass bei den Latinopornos immer nur *caliente* steht, was?«

»Sagt mir, wenn ihr fertig seid.« Juan nahm eines der Barcardi-Gläser vom Tresen und kippte den Inhalt in einem Zug hinunter. Alles wartete gebannt. Dann sagte er: »So, dann wollen wir mal …«

Michael stöhnte. »Na endlich! Seht ihr, er hat mich verstanden.«

»Darf ich mir eigentlich auch ein paar Sachen von euch wünschen?«

»Natürlich!« Michael war ganz nervös. »Alles, was du willst, mein Süßer.«

»Gut, dann wünsche ich mir, dass du den ganzen Abend die Klappe hältst.«

Alles lachte, nur Michael zog eine Schnute.

»Dafür fange ich aber auch bei dir mit dem Auspacken an.«

Jetzt grinste Michael wieder und hob artig die Arme, damit Juan ihm das Glitzershirt ausziehen konnte. Ob Juan wohl nur bei Michael anfing, damit der nicht beleidigt war? Oder ertrug er den Anblick der Klamotten einfach nicht mehr? Darunter jedenfalls kam ein schmächtiger, langgezogener Körper zum Vorschein. Wir schauten zu, wie Juan an Michaels Brustwarzen knabberte, während seine Finger an der zu großen Gürtelschnalle nestelten.

»So, den Rest machen meine Geschenke dann aber bitte selbst«, sagte Juan, als er Michaels Hose hinunterschob.

Da ich der Zweitgrößte war, knöpfte Juan als nächstes mein Hemd auf. Er grinste schelmisch dabei, als wollte er mir sagen, dass er meinen Arsch noch nicht vergessen hatte.

Bei mir hielt sich Juan nicht so lange an den Brustwarzen auf, sondern leckte recht flott meinen Bauch hinunter zum Nabel. Dann rutschte auch meine Hose und er wendete sich leider Dario zu.

»Blöde Warterei«, murmelte Michael.

»Es war doch deine Idee«, gab ich zurück. »Außerdem: Sollst du nicht den Mund halten?«

»Mund halten, pah! Echt blöder Wunsch!«

Ich kicherte.

»Er hätte uns zumindest noch kurz einen blasen können, oder?« Michael zupfte an seinen Boxershorts, die offensichtlich ein ganz schönes Ungetüm beherbergten.

»Hallo? Juan hat Geburtstag. Eigentlich musst du ihm einen blasen!«

»Ja, das hab ich ja im nächsten Schritt vor. Wir lutschen ihm gleich alle einen. Nur bis dahin …«

»Du kannst dir an mir gern die Zeit vertreiben«, sagte ich scherzhaft. Kaum hatte ich das ausgesprochen, ging Michael in die Knie und zog mir die Pants hinunter.

»Hey, ich …« Zu spät. Mein Halbsteifer verschwand schon in seinem Mund. Ab da war mir vollkommen egal, dass Michael nicht der Typ meiner heißen Träume war. Immerhin, auf diese Weise konnte er nicht reden und setzte seine Zunge mal vernünftig ein.

»Was treibt ihr da drüben?«, fragte Fabian nach einer Weile. Juan war inzwischen bei Robin angekommen, unserem Kleinsten.

»Nichts-nichts«, sagte ich schnell. Dann sah ich aber, dass auch die anderen ihre Unterhosen ausgezogen hatten und sich nun gegenseitig an den Schwänzen spielten.

»Du lässt auch keine Gelegenheit aus!« Fabian schnaubte. »Kannst froh sein, dass ich einen Kopf kleiner bin als du und deshalb hier hinten stehe, sonst würd ich dir jetzt in den Arsch beißen!«

»Ach komm, sooo klein bist du auch nicht, dass dein Gesicht auf Höhe meines Arsches liegt. Aber interessante Vorstellung eigentlich. Du müsstest zum Blasen nicht mehr auf die Knie gehen …«

»Können wir bitte wieder ernst werden?«, unterbrach Michael die Unterhaltung.

»Hallo? Du darfst doch gar nicht reden!«, empörte sich Robin.

»In meiner Funktion als Spielleiter schon …«

»So-so, Spielleiter …«

»Genau. Ich werde nämlich jetzt – Juan, komm mal her! – unseren alten Knacker hier auspacken und dann gehen alle schön in die Knie und Juan … Na ja, ich denke, Juan weiß, was er zu tun hat …«

Michael war richtig ernst, so kannte ich ihn gar nicht. Als Juan vor ihm stand, zerrte er ihm schweigend die Klamotten runter.

»Okay, kann ich meinen Wunsch noch mal rückgängig machen?«, fragte Juan. »Das ist mir doch zu unheimlich, wenn du so still bist.«

»Ich wusste es! Ihr liebt mich, so wie ich bin!«

»Natürlich, wer könnte nicht?«

»So, Herzchen, dann lass dir mal den Latinolümmel blasen.«

Juan hielt seine Shorts fest. »Moment! Ich nehme alles zurück! Ab sofort hältst du wieder den Mund! *Latinolümmel!* Ich glaub's nicht!«

»Hör auf mit meinen Gefühlen zu spielen!«

»Hört ihr beide auf und macht hin, ich will endlich ficken«, mischte ich mich ein und die Jungs stimmten zu.

Michael lachte. »Hörst du, Juan? Geburtstag hin oder her, wenn's um Sex geht, werden selbst die Lustsklaven ungeduldig!«

»Ihr seid allesamt notgeil, wisst ihr das?« Juan sah kopfschüttelnd in die Runde, bevor er sich die Pants hinunterschob.

»Wir wollen dich nur glücklich machen, Schatz«, rief Ahmed.

»Was ist?«, lenkte Michael die Aufmerksamkeit wieder auf sich. »Soll ich dir jetzt einen blasen, oder fängst du lieber hinten an? Los Jungs! Hinknien!«

Gehorsam gingen wir alle in die Knie und warteten.

Juan betrachtete uns kopfschüttelnd. »Ihr seid ganz schön versaut – aber echt geil!«

Da beugte sich Michael plötzlich vor und zog Juan am Bein zu sich. »Ist ja schlimm mit dir, wie du das hinauszögerst.« Ungeduldig nahm er Juans Schwanz in den Mund und fing an zu blasen.

Der Anblick machte mich richtig heiß: Juans trainierter Körper, seine zuckenden Muskeln, von der Latte gar nicht erst zu reden. Ich konnte es kaum erwarten, das Gerät endlich selbst in den Händen halten zu dürfen.

»Weiter«, sagte Michael ruppig und schob den Barkeeper zu mir. »Los, Nick, gib alles!«

Das ließ ich mir nicht zweimal sagen. Sofort griff ich den Schwanz und leckte über die feuchte Eichel.

»Oh Mann …« Juan blickte verklärt zu mir herab, als ich seine Schwanzspitze ganz in den Mund nahm und meine Zunge kreisen ließ. Er stieß sein Becken vor und fickte mich, bis Michael ihn erneut weiterschob.

»Los, die anderen wollen auch!«

Enttäuscht sah ich zu, wie sich Juan in den nächsten Mund versenkte. Das war der Nachteil einer solchen Aktion: die Wartezeit. Während ich noch darüber nachdachte, spürte ich plötzlich eine Hand an meinem Schwanz.

Michael grinste mich an. »Blöde Wartezeit!«

»Warum denkst du dir auch sowas aus?«

»Keine Ahnung. Fand's irgendwie geil. Aber ich glaub, das ist es nur für denjenigen, der stehen darf …« Ächzend richtete er sich auf. »Meine Knie, verdammt …«

»Ach komm, du willst doch nur Juan folgen!«

»Hey, keine schlechte Idee.«

Ehe ich mich versah, hatte ich Michaels Steifen im Gesicht. Wenn das nicht die Überraschung des Abends war. Ich hatte ihn mir trotz seiner enormen Körpergröße untenrum immer kleiner vorgestellt. Nicht, dass ich von ihm träumte, aber – man machte sich ja schon so seine Gedanken.

Ich umfasste den Schwanz und begann zu blasen. Michael roch ganz anders als Juan. Irgendwie blumig, nicht so männlich. Allerdings mochte ich seinen rasierten Sack. Mit der freien Hand massierte ich die blanken Eier und Michael seufzte.

Dann schob ich ihn weiter und stand selbst auf. Juan war inzwischen fertig und grinste mich an.

»Na? Hat dir dein Weg des oralen Glücks gefallen?«

»Kann ich nur empfehlen. Michael macht's genau richtig.«

Ich ging zu Juan und drückte ihn auf einen der Barhocker.

»Hey, was soll das? Nachschlag?«

Ich reagierte nicht auf die Frage und nahm einfach wieder seinen Schwanz in den Mund. Der war schon reichlich feucht. Sofort stieg mir der betörende Duft nach Mann in die Nase zurück. Ich schob mich so tief auf die Erektion, dass mir die Eichel in den Rachen rutschte. Meine Nase versank im struppigen Schamhaar. Ja, so glattrasierte Bälle hatten was, aber so ein paar Haare waren auch nicht schlecht. Heute reizte mich Juan besonders, weil ich mich diesmal seiner Männlichkeit freiwillig unterwerfen wollte. Da machten die Muskeln, die steinharte Latte und die Behaarung mich noch viel mehr an.

»Hey«, sagte Juan. Offenbar wollte er mich von meinem Spielzeug abbringen. Das interessierte mich jedoch nicht. Ich ignorierte ihn einfach, schloss meine Lippen fest um den Schwanz und bewegte den Kopf langsam vor und zurück. Aus dem Schlitz trat leicht salziger Vorsaft aus, den ich mit der Zungenspitze begrüßte. Wahnsinnig geil!

Juan lachte. »Ähm, Leute, ihr seht ja, dass ich beschäftigt bin. Das Buffet ist also eröffnet.«

Mich kümmerten die anderen Jungs nicht mehr. Mit geschlossenen Augen gab ich mich völlig meiner Aufgabe hin, Juan das erste Stöhnen des Abends zu entlocken. Ich spürte, wie sich seine Hände in mein Haar gruben, über meinen Kopf streichelten und mich allmählich dirigierten. Offenbar mochte er es schneller, also beschleunigte ich meinen Rhythmus.

Nach einer Weile sah ich auf und folgte Juans Blick. Er beobachtete Fabian und Hannes beim Fummeln. Sie hatten sich an der Seite in ein Separee zurückgezogen und Fabian befühlte Hannes' Muskelpakete. Die wollte ich mir heute auch noch vornehmen. Wann bekam man schon mal einen echten Bodybuilder unter die Finger? Michaels Freund war das absolute Kraftpaket. Vielleicht nicht sonderlich groß, dafür aber ein wahrer Schrank von einem Mann. Neben Hannes wirkte selbst Michael mit seinen fast zwei Metern

Länge wie ein Kind. Mein schmächtiger Fabian ging in den Muskelarmen geradezu unter. Es schien ihm allerdings zu gefallen. Zumindest rieb er immer wieder seine Latte an Hannes. Der grinste verzückt und knetete Fabians Arschbacken. Das sah ziemlich heiß aus.

»Geil, oder?«, sagte ich leise.

Juan nickte. Er war ganz hin und weg, während ich ihm weiter den Schwanz massierte.

»Willst du rüber und mitmachen?«

Juan sah mich lediglich versonnen an. War mir klar. Er hatte schon immer ein Faible für meinen Freund gehabt.

Ich ließ seinen Steifen los. »Gut, vielleicht komm ich ja auf diese Weise noch mal davon …«

Plötzlich tauchte Juan aus seinen Träumen auf. »Vergiss es!«

Ich grinste. »Schade …« Ich wollte ihn ja nur noch mal daran erinnern.

»Ich geh nur mal – gucken – und anfassen …« Mit diesen Worten stand Juan auf und schlenderte zu dem ungleichen Paar hinüber.

Neben mir knieten Robin und Dario vor Michael und lutschten immer noch abwechselnd dessen Schwanz. Michael seufzte ab und zu, aber ansonsten war er angenehm still. Die beiden Jungs vor ihm schienen jedenfalls Fans rasierter Eier zu sein. Sie drängten ihre Köpfe in Michaels Schritt, als ginge es ums Überleben. Ich wollte mich gerade schon nach Ahmed umdrehen, als Michael einen Fuß auf den Tritt des Barhockers neben sich stellte. Jetzt hing sein Sack völlig frei. Wie gebannt schaute ich dem Kampf der zwei Jungs zu. Beide wollten seinen Sack lutschen, während sich Michael grinsend den Schwanz wichste. Schließlich tauchte Dario unter dem Bein durch und vergrub sein Gesicht in den Arschbacken. Michael verdrehte die Augen. Das war ein Schauspiel, wie es nicht besser in einem Pornofilm hätte dargestellt werden können. Und ich war live dabei!

»Was trinken?«, fragte Ahmed und ich drehte mich um.

»Sorry, ich war – ein wenig abgeleckt – äh, abge*lenkt*, sorry.«

Ahmed beugte sich lachend über den Tresen, um zu sehen, was die Jungs mit Michael trieben. »Okay, kann ich verstehen …«

Ich trat hinter die Theke. Es fühlte sich ein bisschen komisch an, nur in Turnschuhen hier herumzulaufen. Erst recht mit einem Ständer. Aber immerhin sah es geil aus. Ahmeds Schwanz stieß ständig an den Spültisch, während er mit den Flaschen hantierte.

»Was machst du denn? Du hast Schluss!« Ich schlug ihm auf den Hintern.

»Bin ein bisschen nervös.«

»Warum?«

Er nickte zu Juan hinüber, der sich gerade von Hannes und Fabian bedienen ließ. Fabian küsste ihn immer wieder und zwickte seine Brustwarzen, während Hannes den Latinoschwanz bearbeitete.

»Ich hoffe, dass das hier richtig ist.«

»Oh, habt ihr Stress?«

»Nein, aber Juan hat mir heute gesagt, dass er sich auf einen Geburtstag mit mir allein freut.«

Ich zögerte. Also deshalb hat Juan vorhin fast den Rückzug angetreten? Ich schaute wieder zu ihm hinüber. Hannes kniete noch immer vor ihm, aber jetzt stand Fabian auf dem Tisch, sodass Juan ihn blasen konnte.

»Ich glaube ja, dein Mann hat gerade die Geburtstagsfeier seines Lebens.«

Ahmed lachte. »Ja, vielleicht irre ich mich auch, aber er sah ganz schön überfordert aus vorhin.«

»Vielleicht wusste er noch nicht, wie gut seine Party wird?«

»Kann sein …«

»Und morgen könnt ihr immer noch allein feiern. Hey, ihr habt ein ganzes Leben, um allein rumzumachen. Da darf man sich doch so eine Gelegenheit nicht entgehen lassen!«

»Du wieder!« Ahmed schüttelte grinsend den Kopf.

»Ich bin geil, was erwartest du?«

»Du und geil? Das wär ja mal was Neues!«

»Sagt das Burschi mit dem Monsterdödel …«

»Burschi? Du nennst mich Burschi?«

»Ähm, hab ich schon erwähnt, dass ich geil bin?«

»Nicht zu übersehen!«

»Was macht man bloß dagegen? Ich kenn mich da nicht wirklich aus …«

»Quatschkopf!« Ahmed drehte sich um und kramte unter dem Tresen.

»Hallo? Du suchst doch jetzt nicht nach Dingen, die du aufräumen kannst!« Dann fiel mein Blick auf seinen Arsch. »Ach vergiss es! Kram du mal ruhig weiter!« Seine Pobacken spreizten sich einladend. Ich konnte ihm direkt dazwischen schauen und erahnte die Rosette. Ob Ahmed wohl vergessen hatte, dass er nackt war? Oder wollte er mich heißmachen? »Wenn du nicht willst, dass ich dich bespringe, solltest du mich nicht verführen! Warum laufen wir eigentlich nicht immer nackt durch die Gegend? Das wäre so viel geiler!« Mit zwei Schritten stand ich hinter ihm und umfasste seine

Hüften. »Jaah, so ist gut. Einmal gebückt und schon geht's los!« Ich presste meinen Schwanz zwischen die Backen. Verdammt, was war ich spitz!

Ahmed kam lachend unter der Theke hervor. »Hör auf! Stell die lieber mal auf den Tresen …«

Er reichte mir eine Schale voller Kondome und mehreren Fläschchen Gleitgel. Unwillig ließ ich von dem Arsch ab und kam der Aufforderung nach. Gerade, als ich mich wieder Ahmed zuwenden wollte, schrie Michael auf: »Aah! Aaah!«

Neugierig beugte ich mich vor und sah, wie er in einem schönen Bogen abspritzte. Die weitesten Spritzer landeten gut zwei Meter von ihm entfernt.

»Oh mein Gott! Sorry Jungs«, keuchte er, als Dario und Robin grinsend neben ihm auftauchten.

Jetzt kam auch das Trio vom Separee herüber. Fabian grinste breit.

»Hey, ihr sollt nicht alles wieder einsauen«, sagte Juan.

Hannes lachte. »Tja, das hätte ich euch sagen können. Mein Michi ist nicht der Standhafteste. Aber dafür kann er öfter hintereinander.«

»Ach Schatz, musst du mich jetzt vorführen?«

»Warum? Öfter hintereinander zu können, ist doch super!« Der Bodybuilder ging vor seinem Freund in die Knie. »Komm, ich mach dich fit für die nächste Runde.«

»Amüsierst du dich?«, fragte Ahmed neben mir und gab Juan über die Tresen hinweg einen Zungenkuss.

»Ja«, antwortete der nach einer Weile, »und du?«

»Nick baggert mich ständig an. Der ist wie ein junger Bulle mit Hormonschub.«

»Dann solltest du ihn zureiten.« Juan lachte.

»Zureiten ist ein gutes Stichwort.« Dario griff nach den Kondomen. »Ach, schau an, Gleitgel. Ist das nichts für dich, Robin?« Er grinste breit und reichte seinem Freund ein Fläschchen.

»Aah«, stöhnte Michael wieder, der sich gerade von Hannes den Arsch lecken ließ.

»Also wenn sich nicht bald jemand …«, fing ich an.

»Na gut, du hast gewonnen!« Ahmed grinste. »Aber ich nehme mir *deinen* Arsch vor, damit das klar ist!« Er nahm eins der Kondome und zog es sich über. »Was ist jetzt?«

Okay, das hatte ich mir ein wenig anders vorgestellt. Aber Juan war ganz offensichtlich zu sehr mit meinem Freund beschäftigt, als dass er für mich hinter die Theke kommen würde. Wenn sich Ahmed nicht ficken lassen wollte, dann wäre ich später immerhin schon auf den Latinoprügel vorbereitet.

Ich beugte mich zu der Schale und wollte gerade etwas Gleitgel besorgen, als ich Ahmeds Hände auf meinem Arsch spürte – und kurz darauf …

»Wow! Hey, was …«

»Halt den Mund und beug dich vor!« Ahmed vergrub wieder sein Gesicht zwischen meinen Arschbacken. Ich fühlte die nasse Zunge, die sich ihren Weg zu meinem Loch bahnte. In dieser Praktik war ich ziemlich unerfahren. Fabian und ich hatten das zwar schon mal ausprobiert, aber irgendwie war das nicht …

»Oh!« Ich war selbst überrascht über den kehligen Laut.

»Ahmed?«, fragte Fabian. »Was machst du da? Ich erkenne meinen Freund gar nicht wieder, so verwirrt sieht er aus.«

»Dann solltest du ihm öfter mal den Arsch lecken!« Ahmed spuckte mir in die Ritze.

Verdammt, das fühlte sich echt gut an! Ich spreizte meine Beine, um ihm besseren Zugang zu gewähren. Nun kümmerte er sich mit der Zungenspitze um mein Loch, ließ sie immer wieder über meine Rosette gleiten und bohrte sie schließlich leicht hinein. Ich stöhnte auf. Ich konnte nicht anders. Die geilen Gesichter vor mir brachten mich zusätzlich um den Verstand. Jetzt wusste ich, weshalb Michael die Augen so verdrehte. Robin stemmte sich gegen die Theke, um die Stöße seines Freundes abzufedern. Sein Mund stand offen und er stöhnte hemmungslos. Juan schmiegte sich direkt vor mir an Fabians Rücken. Ob die bereits fickten? Mein Freund hatte die Augen geschlossen und bewegte sich lasziv. Ich wusste, dass er sich in diesem Moment an die Latte presste, auf die ich es eigentlich abgesehen hatte …

»Boah, hör auf da rumzuspielen!«, sagte ich zu Ahmed. »Wenn du weitermachst, spritz ich gleich gegen die Spüle und dann war's das mit Zureiten.«

Fabian lachte auf. »Oh Nick, hältst du es nicht mehr aus?«

»Halt die Klappe! Ich war zu Hause schon tierisch geil. Wenn wir da was gegen getan hätten, würde ich jetzt nicht so abgehen.«

»Mausi, du hättest auch allein was dagegen tun können! Stell dir vor, es gibt tatsächlich Menschen, die haben mehr Sex mit ihrer Hand als mit irgendwem sonst …«

»Ahmed! Beweg endlich deinen Arsch!«

»Nicht meinen Schwanz?«, nuschelte der mir zwischen die Backen.

Ich schnaufte und legte die Stirn auf meine Unterarme. Ahmed nutzte die Gelegenheit, mir seine Zunge noch weiter reinzuschieben. Ich war drauf und dran, mir einfach einen runterzuholen.

»Ist er immer so bockig, wenn er spitz ist?«, fragte Ahmed im Plauderton.

Fabian lachte. »Ja, furchtbar! Ganz schlimm ist es, wenn ich nach Hause komme und …«

»Juan, kommst du bitte her und besorgst es mir?«, sagte ich laut.

»Vergiss es!« Ahmed schlug mir auf den Hintern. »Dein Knackarsch gehört jetzt erst mal mir!«

»Warum züngelst du dann da rum, anstatt mich zu ficken?«

»Wart's ab!«, drohte Ahmed und sprang auf. Vermutlich drückte er eine halbe Flasche Gleitgel über meinem Arsch aus. Seine Hände rutschten in meine Ritze, rieben meine Rosette und …

»Ah!« Ich schrie, als sich ein Finger in mich schob. Nicht sanft sondern gleich voll rein.

»Halt den Mund, du wolltest es doch härter und schneller!« Er fickte mich kurz, dann schob er noch einen weiteren Finger nach.

»Ooh«, keuchte ich. Aber es gefiel mir. Jetzt hatte ich zumindest nicht mehr das Gefühl, dass mein Schwanz jeden Augenblick von allein losgehen würde. Kräftig drückte ich mich auf Ahmeds Hand.

»Mann, du bist ja geil wie … Ach, da gibt's gar keinen Vergleich!«

»Warum redest du eigentlich noch? Solltest du mich nicht längst vögeln?«

In diesem Moment brüllte Michael wieder laut auf.

»Was geht mit dem ab?« Fabian schaute überrascht zur Seite. Michael stand zwischen Hannes, Dario und Robin eingekesselt.

»Verdammt, der spritzt gerade zum zweiten Mal ab, während mir hier gleich die Eier platzen!« Ich reckte meinen Hintern und wackelte auffordernd damit.

Endlich schob sich Ahmed in mich. Zentimeter für Zentimeter spürte ich seinen Schwanz tiefer gleiten. Ich seufzte und richtete mich wieder auf. Mit dem Kopf im Nacken und durchgedrücktem Rücken presste ich mich gegen Ahmeds Latte, um ihn komplett aufzunehmen. Fabian sah mich verklärt an. Hinter ihm bewegte sich Juan in geschmeidigem Rhythmus. Seine Augen waren geschlossen. Offenbar hatte mein Freund nun auch einen Schwanz im Arsch. Er schien die Situation jedenfalls voll und ganz zu genießen.

Ich streckte mich über den Tresen, um Fabian einen Kuss zu geben.

»Das ist mal was Neues, was?«, flüsterte er.

»Dass wir uns von anderen knallen lassen?«

»Dass wir gleichzeitig gefickt werden und dabei knutschen können.« Er schob mir die Zunge in den Mund und wir spielten leidenschaftlich. Aber ab und zu stießen wir mit den Zähnen aneinander, wenn einer von uns zu hart gestoßen wurde. Ich löste den Kuss und bewegte mein Becken gegen Ahmeds Stoßrhythmus.

»Ist dir das nicht fest genug?«, fragte der auch sofort und umfasste meine Hüfte, um sich härter in mich zu versenken. Dabei rutschte er fast bei jedem Anlauf aus mir heraus, um sich kraftvoll zurückzurammen.

Ich stöhnte. »Ist schon okay.«

»Okay?« Sofort legte Ahmed ein Tempo vor, dass es mir das Stöhnen verschlug. Immer wieder trieb er sich hart in mich. Mir blieb nichts anderes übrig, als mich gegen die Theke zu stemmen und mit offenem Mund seine Akkordarbeit hinzunehmen. Erst, als er langsamer wurde, tauchte mein Freund wieder vor mir auf. Auch er war vollkommen in sich selbst versunken. Ich beobachtete sein Gesicht, die Verzückung, wenn sich Juan eng an ihn presste und anscheinend besonders tief kam. Fabian sah irre schön aus, wenn er erregt war. Die Wangen leicht gerötet, die Lippen geöffnet und feucht, weil er sich pausenlos darüberleckte. Sein Stöhnen schoss mir direkt in den Schwanz. Ich stieß meinen Hintern auffordernd zurück und sog scharf die Luft ein, als Ahmed erneut einen Monsterritt hinlegte. Diesmal dauerte es noch länger und ich vergaß fast zu atmen. Dann ließ die Kraft langsam nach. Aber anstatt mir einen Moment Erholung zu gönnen, stellte sich Ahmed auf die Zehenspitzen. Jetzt tauchte er in einem solchen Winkel in mich, dass mir schwarz vor Augen wurde. Immer wieder strich seine Eichel an einem Punkt in mir vorbei, der meinen ganzen Unterleib kribbeln ließ. Ich spürte, wie sich meine Eier zusammenzogen und mein Schwanz sich zuckend aufbäumte. Noch ein paar Stöße davon und ich würde abspritzen, ohne dass ich mich überhaupt berührte …

»Hör auf!«, flehte ich.

»Warum?«

Hart preschte die Stange bis zum Anschlag in mich. Dann glitt er aus meinem Loch heraus, nur um kurz darauf wieder mit aller Kraft in mich einzudringen – bis zum Ende. Ich hatte das Gefühl, dass mich Ahmed jetzt regelrecht besprang. Ich war mir sicher, dass er genau wusste, was er da tat, dass er absichtlich mit voller Wucht diesen Punkt in mir bearbeitete.

»Bitte!«

»Tut's weh?«

»Nein, aber …«

»Dann halt still!«

Zwei Hände pressten sich auf meinen Hintern und ich spürte plötzlich ein unerwartetes Gewicht. Erstaunt sah ich, dass Ahmeds Füße nicht mehr den Boden berührten. Er hing wie zu einer äußerst seltsamen Liegestütze auf mir. Sein Schwanz allerdings steckte noch.

»Was machst du d-aaah!« Ich konnte meine Frage nicht zu Ende bringen, denn jetzt stieß die Schwanzspitze ganz gezielt auf mein Lustzentrum. Er keuchte vor Anstrengung, aber er ließ nicht von mir ab. Seine Hände gruben sich schmerzhaft in mein Fleisch, ich hatte dafür jedoch keine Sinne. Hilflos hing ich über die Spüle gebeugt und nahm schreiend die Stöße hin. Es fühlte sich an, als wäre mein Körper plötzlich komplett in einen Orgasmus gebadet. Unglaublich. Dann spritzte ich tatsächlich ab. Einfach so. Wie durch einen Tunnel aus zuckenden Blitzen sah ich meinen Saft gegen die Edelstahltür fliegen. Immer und immer wieder. Es wollte gar kein Ende nehmen. Auch Ahmed schien nicht fertig werden zu wollen. Schwer atmend fand er stets neue Kraft für einen weiteren Stoß, der punktgenau landete und meine Lust nicht abflauen ließ. Als er endlich aufstöhnte, fickte er mich in fünf, sechs kurzen Bewegungen, bevor er innehielt und sein Zeug in den Präser pumpte. Das Pulsieren in mir übertrug sich direkt auf meinen Schwanz. Verdammt, das konnte doch nicht wahr sein! Ich hatte gerade abgespritzt und jetzt wollte ich …

Ahmed rutschte aus mir heraus und seine Eichel rieb dabei ein letztes Mal über meinen Reizpunkt.

»Oh Mann«, keuchte ich.

»Du wolltest doch ordentlich gefickt werden«, sagte Ahmed. »Jetzt weißt du, wie das ist.«

Ich hörte um mich herum Lachen, aber ich war nicht in der Lage, den Kopf zu heben. Dafür spürte ich nun Hände auf meinem Körper.

»Mensch, du hast ihn ja vollkommen fertiggemacht«, sagte Juan. »Kommt, helft mir mal!«

Wie in Trance schwebte ich durch den Club.

»Willst du überhaupt noch eine Runde?« Juan sah mir ins Gesicht. »Hey, du bist ja ganz weggetreten.«

Ich schüttelte den Kopf, um wieder klarzuwerden. Nein, ich hatte gerade abgespritzt, ich wollte jetzt bestimmt keinen Schwanz mehr …

»Mmh«, machte ich, als sich eine Hand um meine Latte legte und mich zu wichsen begann.

»Wie geil ist das denn bitte? Trotz Abgang immer noch spitz.« Juan grinste. »Also, wie sieht's aus?«

Ich war mir unsicher. Aber die Wirkung von Ahmeds Superfick ließ einfach nicht nach und ich hatte tatsächlich Bock auf eine weitere Runde. Ich sah die Jungs an, die sich um den Tisch vor mir versammelt hatten. Mich interessierte nur Fabian. Tabulos, ohne Grenzen, das hatten wir verabredet. In seinen Augen las ich die Bestätigung.

Wortlos beugte ich mich vornüber und bot Juan sein Geburtstagsgeschenk dar. Um mich herum johlte es.

»Los! Besorg's ihm! Ein Schwanz reicht nicht!« Das war Hannes. Eigentlich stand ich nicht auf solch blöde Sprüche, heute allerdings entsprach das der Wahrheit.

Juan versenkte sich ohne Vorwarnung in mich. Ich stöhnte unkontrolliert. Dann ging es auch schon los. Wild und unbeherrscht rammelte mein Barkeeper mich durch. Der Punkt, den Ahmed in mir entdeckt hatte, schien immer größer zu werden. Vielleicht ließ ich mich zu selten ficken, aber das hatte ich wirklich noch nie erlebt. Mein ganzer Unterleib war plötzlich ein einziges Lustzentrum!

»Los, dreh dich um! Ich will dein Gesicht sehen, wenn ich komme.«

Ich legte mich mit dem Rücken auf den Tisch. Überall waren Hände, die mir halfen und schließlich auch meine Beine anhoben.

»Endspurt«, sagte Juan und rammte mir seine Latte rein. Es fühlte sich irre an, wie leicht dieser Riesenschwanz in mich hineinrutschte. Dann dieses unglaubliche Kribbeln. Links und rechts wurden meine Beine gehalten. Dazu hätte ich selbst niemals mehr die Kraft gehabt. Mittendrin Juan, der mit verschwitztem Gesicht über mir hing und sich Stoß für Stoß der Erlösung entgegenfickte.

»Sportficken«, hörte ich jemanden sagen. Wahnsinnig, dass ich hier gerade wie auf dem Präsentierteller lag und alle zusahen, wie ich bearbeitet wurde. Allein der Gedanke machte mich ganz geil, obwohl ich es sonst eher weniger mochte, im Mittelpunkt zu stehen.

»Aaah, verdammt!« Juan schrie auf. Sein Rhythmus änderte sich von superschnell zu hart und gezielt. Er presste sich tief in mich und ich spürte das charakteristische Zucken. Automatisch griff ich nach meinem Schwanz. Ich hatte das Gefühl, mit ein paar Handstrichen noch mal abspritzen zu können.

Ich schloss die Augen und genoss das Pumpen in mir. Plötzlich fühlte ich fremde Lippen auf meinen und eine Hand, die mich vom Wichsen abhielt. Es war nicht Fabian. Seine Küsse kannte ich. Aber ich ließ die Augen geschlossen. Es war mir egal, wessen Zunge ich gerade im Mund hatte. Ich erwiderte den Kuss hungrig.

»Darf ich?«, hörte ich Robins Stimme.

Nach einem Augenblick wurde der Kuss gelöst. Ich sah in Darios Gesicht.

»Mein Freund will wissen, ob er dich ficken darf.«

»Klar, warum nicht?« Ich zog Dario wieder zu mir herunter. Fast gleichzeitig mit der Zunge stieß auch Robins zarter Schwanz in mich. Es fühlte sich gut an, aber bei weitem nicht so ekstatisch wie zuvor bei Ahmed und Juan. Vielleicht ließ ja die Wirkung nach? Momentan fand ich jedoch die Tatsache an sich schon geil, dass die Jungs um mich herumstanden und …

In diesem Moment wurde mir klar, dass ich mich von *allen* ficken lassen würde. Das hatte ich mal in einem Porno gesehen und für absolut unfassbar gehalten. Aber hier und jetzt machte es mich tierisch an. Ich löste meine Beine und schlang sie um Robin. Es dauerte nicht lange, bis er keuchend auf mir zusammenbrach und sich anschließend schnell zurückzog.

»Der Nächste!«, sagte ich trocken und Dario grinste mich an.

»Du bist eine richtige Schlampe!«

»Heute ja.«

Umsichtig stellte Ahmed die Schale mit den Kondomen gleich neben mich. Michael griff sich eins und schob sich zwischen meine Beine.

Fabian sah ihn ehrfürchtig an.»Du hast doch schon zwei Mal abgespritzt!«

»Na und? Die Gelegenheit darf man sich doch nicht entgehen lassen!« Vorsichtig setzte er an und drang in mich ein. Auch nicht schlecht. Aber langsam hatte ich den Verdacht, dass ich gar nichts mehr richtig fühlte.

Es dauerte etliche Minuten, bis Michael zum dritten Mal an diesem Abend aufbrüllte.

»Was ist mit dir?«, fragte ich Dario, der mich noch immer zwischendurch küsste. »Schon gekommen?«

»Ja.«

»Kannst du noch mal?«

»Vielleicht …«

»Hau rein!«

Kurz darauf hatte ich Dario in mir. Er fickte langsam und tief. Genau das, was ich jetzt brauchte. Eine schöne Massage meines Lustpunktes.

Da beugte sich Fabian über mich. »Du bist eine richtige Sau …«

Ich versuchte zu erkennen, ob er verärgert war. »Schlimm?«

Er grinste. »Nein. Bin nur überrascht.«

»Na ja, hatten wir doch ausgemacht …

»Tabulos und ohne Grenzen, ich weiß.«

Dann küsste er mich endlich. Es war schön, seine Zunge zu spüren, während mich ein fremder Schwanz durchfickte. Sofort spürte ich wieder den Orgasmuspunkt in mir und meine Stange zuckte. Plötzlich geschah etwas, womit ich nicht gerechnet hatte. Dario beugte sich vor und stützte sich neben mir auf der Tischplatte ab. Ein kleiner Positionswechsel, aber eine gigantische Wirkung. Jetzt rieb nämlich auch seine Eichel geradewegs über meine Zauberstelle. Wie wild stöhnte ich in den Mund meines Freundes hinein. Ein paar Stöße nur und völlig unvorbereitet traf uns ein Schwall Sperma. Ich spritzte schon wieder einfach so ab!

»Unglaublich, wie du abgehst!« Fabian wischte sich mein Zeug von der Wange.

Ich konnte nicht antworten. Es fühlte sich an, als fiele ich völlig schwerelos ins Reich der endlosen Lust.

»Geil!« Dario keuchte und trieb seinen Schwanz immer schneller in mich. Jeder Stoß traf mein Lustzentrum, dass es schon fast weh tat. Irritiert schaute ich auf meine Erektion, die unablässig pumpte. Ich hatte das Gefühl, als würde ich auslaufen. Tatsächlich quoll auch weiterhin ein Tropfen Sperma nach dem anderen aus meinem Schlitz. Alles verteilte sich auf meinem Bauch. Fabian legte eine Hand auf die milchige Pfütze und verrieb das Zeug. Ich wusste, dass er das gern machte und jetzt war auch mehr als genug da, um mich herrlich einzusauen.

»Soll ich aufhören?«, fragte Dario atemlos. Schweißperlen tropften von seiner Stirn und gesellten sich zu meinem Sperma.

»Quatsch!«

»Puh, ich weiß nicht, ob ich noch kann …«

»Dann streng dich an!«

Er schnaubte. Aber anstandslos kletterte er zu mir auf den Tisch. Zittrig legte er meine Beine über seine Schultern und rammte sich so hart in mich, dass sich ein stechender Schmerz durch meinen Rumpf zog. Doch dass sich Dario trotz Erschöpfung so ins Zeug legte, entschädigte mich voll und ganz. Ich sah zu Fabian auf, dann zu den anderen. Alle Augen waren auf Darios Stange gerichtet, die in unglaublichem Tempo in mein überdehntes Arschloch fickte. Juan und Ahmed hatten sich sogar Barhocker hergeholt, um die Show im Sitzen zu genießen. Sie spielten sich gegenseitig an den ausgepumpten Schwänzen.

Schließlich war es so weit. Dario zitterte und zuckte am ganzen Leib und verdrehte die Augen. »Oh-oh-ooh«, machte er, wobei ihm Speichel aus dem Mund tropfte. Verdammt, was sah der bescheuert aus beim Abgang! Aber heute geilte mich wohl alles auf! Ich zog ihn am Nacken zu mir herunter und versank mit ihm in einem nassen Kuss, bevor ich ihn wegschubste.

»Oh Mann«, stammelte er und fiel fast hin vor Erschöpfung.

»Na, hältst du noch was aus?« Hannes nahm grinsend Darios Platz ein. Er hatte Mühe, das Kondom über seinen Steifen zu kriegen, weil es ihm offenbar zu klein war. Ich hatte ja vorhin schon gesehen, dass der Bodybuilder entgegen allen Klischees auch zwischen den Beinen enorm gut bestückt war. Ich setzte mich auf, um einen ausgiebigen Blick auf meinen nächsten Hengst zu werfen. Wahrscheinlich lag es daran, dass ich bereits völlig fertig war, aber beim Anblick von Hannes' Schwanz wurde mir ganz schwindelig. Der Typ war nicht nur oben rum besser gebaut, als wir alle zusammen, sein Gerät toppte alles.

»Du hast bei der Schwanzverteilung zweimal angestanden, was?«

Hannes lachte. »Das stellt Michael auch regelmäßig fest. Ich hoffe nicht, dass das ein Problem für dich ist?«

»Tabulos und ohne Grenzen, das ist heute mein Motto!« Ich ließ meine Hände über die massigen Oberarmmuskeln gleiten. Verdammt, da war kein Gramm Fett, nur dünne Haut auf pure Kraft gespannt.

»Ich wollte schon immer mal mit Ironman bumsen.«

»Na, sieh an, das trifft sich doch gut.« Hannes drückte mich zurück auf den Tisch und klopfte mit seiner Mörderlatte auf mein schlaffes Arschloch. Er grinste. »Immerhin muss ich dich nicht vorbereiten. Das dauert bei so einem Ding und ungeübten Löchern sonst Ewigkeiten.«

»Da hast du ja Glück. Ich hab heute Tag der offenen Tür.«

»Bereit?«

»Klar, zeig mal, was du kannst!«

Ich zog die Beine zu mir, um mich ihm vollkommen auszuliefern. Er setzte die fette Eichel an und spannte meine Rosette tatsächlich noch! Langsam schob sich Hannes in mich hinein. Zu meiner Überraschung spürte ich wieder dieses Kribbeln, als er meinen geschwollenen Lustpunkt passierte. Ich stöhnte auf.

»Hey, das ist noch nicht alles!«

Ja, das wusste ich auch. Aber ich konnte Hannes jetzt nicht erklären, dass ich heute eine Orgasmuszone in meinem Arsch entdeckt hatte, die er nun mit dem Monstergerät durchweg stimulierte. Ahmed kannte das Geheimnis wohl, denn er hatte mit seinem Schwanz geradezu danach gesucht. Einmal aktiviert hörte es gar nicht mehr auf. Gerade bei Hannes' extragroßer Latte spielte mein ganzer Unterleib verrückt. Es machte mir nicht mal etwas aus, dass er mühelos an meine Grenzen kam. Der Schmerz war vielmehr ein Gegenpol zu dieser unbändigen Lust. Noch nie hatte ich so viel in mir gehabt und noch nie war ich zwei Mal hintereinander gekommen, ohne mich überhaupt zu massieren. Das war unglaublich.

»Kann ich loslegen?«, fragte Hannes.

»Los, wer zuerst kommt!« Ich nahm meinen Schwanz in die Hand. Okay, gerade war es eher ein Halbsteifer, aber ich wusste, dass sich das sofort ändern würde, wenn Hannes erst mal mein Mojo stimulierte. Kaum rutschte seine Eichel ein paar Mal daran vorbei, befand ich mich tatsächlich wieder im Jenseits. Mein Loch war bis zum Bersten beansprucht und ich musste schon bald aufhören, mich zu wichsen.

Hannes tobte sich ungezügelt in mir aus. Im Gegensatz zu den anderen, hatte er damit überhaupt keine Mühe. Mit einem ruhigen Lächeln auf den Lippen fickte er wie eine Hochleistungsmaschine meinen Arsch.

Ich ließ meine Hände über die Stahlmuskeln seiner Arme gleiten und hielt mich fest. Als er sich zu mir herunterbeugte, befühlte ich die enormen Brustmuskeln und achtete darauf, dass mein Hintern im richtigen Winkel zu den Stößen lag.

»Härter?«, fragte er und grinste.

»Ich gehöre ganz dir!«

Mit einem Mal war es, als hätte ich ein Monster entfesselt. Hannes stemmte eine Faust über meine Schulter, damit ich nicht wegrutschen konnte. Die andere Hand legte er in meine linke Kniekehle, sodass ich bewegungsunfähig war. Dann hämmerte er los. Jetzt musste ich doch schreien. Aber das interessierte ihn nicht. Ohne Gnade rammte er sich so tief in mich, wie er konnte. Seine Eichel rutschte jedes Mal über meinen Lustpunkt, was eine wahre Explosion in mein Hirn zauberte. Danach preschte sie allerdings so tief in mich, dass sich neben dem Feuerwerk auch immer ein scharfer Schmerz durch meinen Unterbauch zog. Hin- und hergerissen zwischen Lust und Schmerz schrie ich völlig außer mir: »Ooh! Aah! Scheiße! Aaah!«

Ganz entfernt hörte ich plötzlich eine Stimme: »Was ist denn hier los?«

Hannes hielt tatsächlich mitten im Fick inne, sodass ich aus meiner Trance auftauchte.

Vor uns stand Gerome, die Hände in die Hüften gestemmt und mit wütendem Blick. »Kann mir das mal jemand erklären?«

»Wenn dir das noch wer erklären muss, tut mir dein Marc aber leid!«, sagte Fabian trocken.

Gerome schnaubte und wandte sich an Juan und Ahmed. »Was soll der Mist? Ich fahr hier mitten in der Nacht vorbei, um dir zu gratulieren und anstatt einer kleinen Party das hier …«

»Ist eben eine sehr private Party«, sagte Ahmed.

»Ja, das sehe ich!«

»Man wird halt nur einmal dreißig …« Die Erklärung klang im Angesicht der Situation reichlich albern.

»Leute, ihr könnt hier keine Orgien feiern! Das ist ein anständiger …«

Juan lachte. »Ach komm! Du sabberst doch ständig den Kerlen hinterher, und wenn mal was passiert, bist du der Erste, der zuguckt und sich die Beule reibt!«

»Wenn du deinen Job behalten möchtest …«

»Hey!«, rief ich dazwischen.

Gerome drehte sich überrascht zu mir um.

»Hannes fickt mich jetzt fertig und dann kannst du ran, okay?«

»Was?«

»Hast schon richtig verstanden.« Ich grinste. Gerome war zwar keine Augenweide, aber mein Gehirn dachte nur noch in Schwänzen.

»Das ist nicht dein Ernst!«

»Doch! Ruf Marc an, den lass ich auch ran. Hauptsache du hältst jetzt die Fresse und wir können weitermachen.«

Gerome schwieg. Er schien völlig überfordert. Aber er sagte tatsächlich nichts mehr.

»Kann's weitergehen?«, fragte Hannes.

Ich nickte. »Hau rein!«

KALTE DUSCHE

Ahmed und ich zogen uns im Büro an. Draußen im Club schrie Nick aus Leibeskräften. Sofort hatte ich das passende Bild vor Augen: Nicks schlanker Körper, der unter einem Muskelberg von Bodybuilder lag, die Beine so weit gespreizt, dass man auch wirklich alles sehen konnte …

»Wollen wir mal hoffen, dass er das überlebt, was?« Ahmed grinste.

Ich nickte nur. So hatte ich mir meinen Dreißigsten nicht vorgestellt: eine Orgie! Eigentlich gar keine schlechte Idee. Nach dem Dreier mit Nick und danach dem Sexüberfall war es nur eine Frage der Zeit gewesen, bis die ganze Sache ausuferte … Aber ein Gangbang? Das kannte ich nur aus Pornofilmen. Selbst da fühlte ich mich immer angemacht und abgestoßen zugleich. Sowas dann live zu sehen, ja, sogar mitzumachen und die Personen noch zu kennen …

Andererseits hatten Ahmed und ich es bei unserem Räuberspiel ja fast schon angekündigt. Ich erinnerte mich, wie wir rumgealbert hatten, dass wir die Jungs von einem Rudel Kerle gegen Bezahlung durchficken lassen könnten. Ahmed hatte Nick sogar drohend auf den Hintern geschlagen. Jetzt lag er da draußen und gab sich willenlos jedem Schwanz hin. Ausgerechnet Nick!

»Was hast du?« Ahmed zupfte seine Klamotten zurecht und kam zu mir. »Alles in Ordnung?«

»Ich weiß nicht. Vielleicht ist das – ein wenig zu viel?«

»Oh Mann, ich wusste, dass es eine Scheißidee war …«

»Nein«, sagte ich schnell. »Nein, es war eine – eine geile Idee.«

»Aber du hattest eigentlich keinen Bock drauf?«

»Manchmal weiß man erst, dass man Hunger hat, wenn das Essen vor einem steht.«

»Ha-ha, was für ein Vergleich! Nick als Törtchen?«

»Ich fürchte, er ist jetzt eher dieser Pie mit Loch drin aus dem Blödelfilm. Gefickter Kuchen, lecker.«

»Immerhin, du hast auch deinen Dödel reingesteckt.«

»Ja, ich war halt geil. Ich glaube nur, dass ich mich leicht überfressen hab.«

»Moment, können wir das mit dem Essen mal weglassen?«

»Na gut, mein Sahneschnittchen.«

Ahmed schlug mir auf den Arm. »Ich mein's ernst. Du hattest jetzt zu viel Sex oder was?«

Ich zog Ahmed in meine Arme. »Ich hatte zu wenig Sex mit *dir*.«

Ahmed lachte. »Na, wenn es sein muss, kannst du mich gern haben, sobald wir zu Hause sind.«

»Mal schauen.« Ich fühlte mich mit einem Mal wieder so traurig wie in den letzten Tagen. Ob das wirklich mit dem Alter zusammenhing? Oder war es vielmehr die Tatsache, dass ich mir mehr Nähe wünschte? Total dämlich. Kaum dreißig, kam es mir vor, als hätte sich da ein Schalter umgelegt. Plötzlich dachte man an die Zukunft und hatte Angst, irgendwann allein zu sein. In den letzten Monaten hatte ich mich nicht nur an Ahmed gewöhnt, sondern mich allmählich immer stärker in ihn verliebt.

»Es war die falsche Überraschung«, stellte Ahmed fest. »Ich hätte die Sache absagen sollen, als du mir erzählt hast, dass du mit mir allein feiern willst.«

»Ach quatsch.« Aber eigentlich war es genau das. Vielleicht lag es daran, dass ich Geburtstag hatte und mir deswegen allerhand dämliche Gedanken durch den Kopf schwirrten. In einer Woche würde ich mich sicher voller Begeisterung an diese Orgie zurückerinnern. Hallo? Ich hatte an einem Gangbang teilgenommen! Das war der Wahnsinn! Davon träumten sicher gut neunzig Prozent aller Schwulen, aber die wenigsten kamen tatsächlich in den Genuss.

»Nick wird garantiert eine Woche nicht sitzen können.« Ahmed löste sich lachend von mir.

»Der Arme.« Blieb zu hoffen, dass auch er sich in einer Woche noch gern an diesen Tag erinnerte …

»Mann, du bist so ernst!«

»Ich mach mir ein bisschen Sorgen.«

»Worüber?«

»Na, ob das nicht alles zu weit geht. Eine Orgie ist ja schon was Feines, aber Nick hat doch vollkommen die Kontrolle verloren!«

»Nick ist erwachsen! Ich glaub kaum, dass er von dir gerettet werden will.«

»Ja, es ist trotzdem eine Sache, ob wir hier in einem geschlossenen Kreis bumsen, und eine ganz andere, wenn plötzlich irgendwer vorbeikommt …«

Ahmed schüttelte sich. Wahrscheinlich dachte er an Gerome, der sich nach seinem anfänglichen Aufstand doch eifrig die Klamotten hinuntergerissen hatte, um ebenfalls schnell einen Ritt hinzulegen.

»Gerome hat tatsächlich Marc angerufen!« Vielleicht machte mich ja auch das so fassungslos. Nick hatte überhaupt keine Grenzen mehr. Gerome! Ich kannte niemanden außer Marc, der freiwillig mit meinem Chef in die Kiste ging – und bei Marc vermutete ich auch eher finanzielle Interessen.

»Nick ist erwachsen. Ich kann es nur wiederholen. Willst du dich jetzt endlich mal anziehen?«

Ich sprang in meine Klamotten und raffte mein Zeug zusammen. »Hinterausgang?«, fragte ich und knöpfte mein Hemd zu.

Ahmed grinste. »Ich bin ja schon neugierig …«

»Komm, ich will meinen Chef wirklich nicht sehen, wie er sabbernd einen willenlosen Jüngling besteigt!«

»Wir könnten es heimlich aufnehmen und ihn damit erpressen.« Ahmed zwinkerte.

»Klingt nach Gehaltserhöhung, was? Sag mal, was hast du eigentlich mit Nick gemacht, dass der plötzlich so abgeht?«

»Prostatafick.«

»Aha, du bist Doktor Bums oder was?«

»Ich kann mit meinem Willy umgehen, das ist alles.«

»So-so …«

»Wenn du willst, zeig ich es dir nachher. Ich bin ja erst einmal gekommen, eine zweite Runde ist definitiv noch drin.«

»Wenn ich mich danach nicht völlig willenlos von jedem nageln lass …«

»Glaub mir, da würde ich schon was sagen.«

»Aber ich bin auch erwachsen!«

»Du bist mein Freund! Da gelten andere Regeln!«

»Gut, das beruhigt mich etwas.«

Bevor ich die Tür zum Flur öffnen konnte, hielt mich Ahmed noch mal zurück. »Sag mal, wenn ich dir sage, dass ich dich ganz furchtbar liebe, könnte deine kleine Krise sich dann eventuell verflüchtigen?«

Ich lachte. »Meine kleine Krise?«

»Ich weiß nicht, über irgendwas machst du dir Gedanken und ich fürchte, dass es vollkommen unbegründet ist. Der Juan, den ich kennengelernt habe, wäre ausgeflippt bei einer Gangbangorgie.« Er grinste. »Okay, zurückhaltend warst du heute auch nicht gerade, aber … Nicht ganz du selbst.«

»Vielleicht bin ich momentan tatsächlich nicht ganz ich selbst …«

»Ich will nur, dass du weißt, dass ich dich unglaublich liebe, egal, mit wem du fickst oder ficken willst oder auch nicht.«

»Du bist süß.«

»Ich weiß.«

»Ich liebe dich auch. Können wir jetzt gehen?«

»Solange wir vorne rausgehen. Ich weiß nicht, das ist wie bei einem Unfall. Ich will nicht hinschauen, aber ich muss …« Ahmed riss die Tür auf und schob mich in den Flur.

»Sind wir nicht abgehauen, damit wir das gerade *nicht* sehen müssen?«

»Gegangen bist *du*, ich bin aus Höflichkeit mit.«

Ich seufzte. »Muss ich Angst haben, dass du gleich auch noch mal auf den Tisch springst?«

»Nee, meinen Lolli heb ich mir für nachher auf. Dein Hintern kann sich schon mal freuen.«

»Was mit meinem Hintern ist, keine Ahnung, aber ich zweifle jetzt, ob ich mich freuen sollte …«

»Der Hunger kommt beim Essen.«

»Wie war das mit den Vergleichen?«

»Mund halten und mitkommen!«

Draußen im Gastraum war die Party noch immer voll im Gange. Gerome wälzte sich gerade von Nick herunter. Marc nahm sofort dessen Platz ein und fickte los. Ich versuchte, gar nicht so genau hinzuschauen.

»Wow, da ist aber jemand echt hergeflogen, was?«

»Bei einer Einladung zur Sexorgie können sich Schwule beamen …«

»Sag mal, wer sind eigentlich die Leute?«

Jetzt sah ich doch aufmerksamer hin. Die Jungs aus unserer Clique standen dort und … War das nicht Peer, der beste Freund von Gerome? Direkt hinter dem Tisch warteten noch zwei weitere Kerle, die ich gar nicht kannte.

»Ich glaube, Marc hat gleich eine Massen-SMS geschickt.« Ahmed sah auf sein Handy und hielt mir dann die Message hin. »Oh Mann, langsam teile ich deine Sorge um Nick.«

Plötzlich ging die Tür zum Club auf und zwei Männer stolperten herein. Ich kannte sie lediglich vom Sehen. Die Verbindung zu Gerome oder Marc war mir jedoch nicht klar.

»Boah! Geil!«, jubelte der eine und fing sofort an, sich auszuziehen. Der andere kam mit einem Grinsen auf mich zu. »Kann ich hier bezahlen?«

»Bezahlen?«, fragten Ahmed und ich gleichzeitig.

»Na, Sexsteuer.« Der Typ grinste schmierig und zwinkerte. »Fickeintritt. Stutengage. Startgeld halt.«

»Ähm, wir haben geschlossen«, sagte ich.

»Quatsch. Ich hab 'ne SMS bekommen, dass man für zwanzig Euro 'nen Gangbang kriegt!«

»Einen Gangbang kriegen? Ach so.« Ich grinste. »Du bist das nächste Fickloch. Genau richtig, die aktuelle Stute ist nämlich hinüber.«

»Bist du bescheuert? Ich leg mich doch nicht da hin!« Der Typ drückte mir fünfzig Euro in die Hand und ließ uns stehen.

»Ist das jetzt gerade wirklich passiert?« Ahmed sah mich entsetzt an.

»Anscheinend hat Gerome eine neue Geschäftsidee … Und ich erzähl dem Arsch seit Ewigkeiten, dass wir einen Darkroom brauchen. Aber nein, sein Club ist anständig und bla-bla-bla …«

»Hallo? Der lässt für Geld irgendwelche Typen über Nick drübersteigen?«

»Tja, Nick ist erwachsen, da kann man wohl nichts machen …«

In dem Moment ging wieder die Tür auf. Diesmal kamen gleich sechs Männer rein. Die sahen alles andere als zärtlich aus.

»Sag mal, ist der Arsch eigentlich total bekloppt?« Ahmed geriet vollkommen außer sich.

Langsam wurde mir seltsam zumute, weil ich nochmals an den Sexüberfall denken musste. Gerome zog genau das ab, was wir als scherzhafte Drohung in unser Rollenspiel eingebaut hatten. Gruselig.

»Kann man hier bezahlen?«, fragte einer der Ledertypen.

Ahmed schnaubte. »Behalt dein Geld, die Party ist vorbei!«

»Willst du mich …«

Ahmed wartete die Antwort gar nicht erst ab und zerrte mich in den Flur zum Büro zurück.

»Was hast du vor?«

»Na, ich beende die Party!«

»Die Lichtschalter sind draußen …«

»Ach, Licht, das kümmert die doch auch nicht mehr. Wahrscheinlich werden die davon noch richtig wild, weil sie dann alles ausgeleuchtet vor sich haben wie im Pornofilm …«

Ahmed stürmte zur Besenkammer und holte einen Handfeger hervor.

»Ähm, das sieht jetzt nicht sonderlich bedrohlich aus«, bemerkte ich irritiert.

»Wetten, dass ich die Meute trotzdem damit rausfegen kann?«

Entschlossen lief er zur Tür zurück. Doch anstatt sie zu öffnen, nahm er einfach den Holzstiel und rammte ihn mit voller Wucht gegen die Glasplatte des Feuermelders. Im Gastraum ging die Sprinkleranlage an und ein allgemeiner Aufschrei war zu hören.

»Ach du Scheiße!« Mir wurde schlecht. »Weißt du eigentlich, was das kostet? Gerome flippt aus!«

»Tja, dann hoffen wir mal, dass er genügend Zwanziger einsammeln kann, bevor sie rausgeschwemmt werden …« Seelenruhig warf mein Freund den Handfeger wieder in die Abstellkammer zurück.

Aus dem Gastraum drang Geromes aufgeregtes Geschrei herüber.

»Damit sind wir unseren Job los!«, sagte ich fassungslos.

»Warum? Wir sind doch schon längst weg. Ist wohl einer der Ficker hier reingekommen und hat den Alarm mit dem Lichtschalter verwechselt. Sowas aber auch. Tja, kann passieren … Möchtest du immer noch den Hinterausgang nehmen?«

Obwohl ich mich absolut unwohl fühlte, konnte ich mir ein breites Grinsen nicht verkneifen. »Sehr gern.«

ALEX SEINFRIEND

EROTIK

Student Finn entdeckt unter der Dusche, dass sein Mitbewohner Lukas doch nicht ganz so hetero ist, wie angenommen. Aber eigentlich hat Finn nicht vor, im eigenen Umkreis zu wildern. Dieser Vorsatz wird aber wenig später an der Uni erneut auf die Probe gestellt. Ausgerechnet sein Hassdozent Herr Kehlmann bittet ihn nach einer Auseinandersetzung in sein Büro … Ein erotischer Reigen beginnt, bei dem wirklich nichts mehr trocken bleibt. Am Ende steht die Frage: Liebe oder Sex?

Der Privatdozent (ein Finn-Falkner-Roman)
191 Seiten 14,90 €
ISBN: 978-3863610258

Die Semesterferien beginnen und Finn muss zurück zu seinen Eltern, um bei seinem Vater in der Firma zu arbeiten. Der Abschied von Marco, seinem Privatdozenten, fällt Finn nicht leicht, aber schon bald vergisst er seinen Freund, weil er auf der Arbeit ganz andere Sorgen hat: Werkstudenten Kevin. Warum nur ist das Leben so kompliziert, wenn man erst mal den Mann fürs Leben gefunden hat? Für Finn stellt sich schon bald die Frage: Wie viel erotischer Freiraum ist in einer Beziehung erlaubt und nötig?

Der Schichtleiter (ein Finn-Falkner-Roman)
ca. 200 Seiten 14,90 €
ISBN: 978-3863611248

J. DANKERT AKA DANIEL HERNE

LIEBE

Der 17-jährige Ryan muss rund um die Uhr auf der auf der Farm seiner Familie arbeiten. Hier hat sein Vater das Sagen. Doch Ryan fängt an, sich gegen die Verhältnisse aufzulehnen. Mitten im Kampf gegen den tyrannischen Vater taucht plötzlich Leon auf, ein smarter Engländer. Vom ersten Schultag an ist Ryan von dessen Ausstrahlung fasziniert, doch Leon kämpft gegen seine Gefühle für Ryan an. Man verliebt sich nicht einfach in den neuen, besten Freund. Oder doch?

Gegen Vaters Wille
397 Seiten 18,90 €
ISBN: 978-3863610050

Ryan muss auf der Farm arbeiten. Aber er will auch zum ersten Mal in seinem Leben mit auf die Semesterfahrt seiner Schule. Ein Grund dafür ist seine Liebe zu Leon. Also lehnt er sich gegen seinen tyrannischen Vater auf und entscheidet sich gegen die Arbeit auf der Farm. Auch wenn er ein ungutes Gefühl hat, genießt er die Zeit mit Leon in Saither Hill. Kaum zurück schlägt jedoch der Albtraum zu: Der Streit zwischen Vater und Sohn eskaliert und Ryan begeht einen schweren Fehler. Kann auch diesmal die Liebe alle Schatten besiegen?

Vaters böser Schatten
385 Seiten 18,90 €
ISBN: 978-3863610777

FLORIAN HÖLTGEN MIT ALEX SEINFRIEND

Es sollte ein völlig entspannter Ausflug sein. Doch Mike spürt, dass sich Unheil anbahnt. Seine beste Freundin Britta ist kaum wiederzuerkennen und nervt unglaublich. Unterstützt wird sie tatkräftig von ihrer neuen Freundin. Brittas zukünftiger Ehemann dagegen raubt Mike mit seinem Sexappeal fast den Verstand. Immer wieder lässt Mike sich zu erotischen Tagträumereien hinreißen, bis er sich schließlich mitten in seinen kühnsten Fantasien wiederfindet: Eike rudert mit ihm auf den See hinaus und ist plötzlich alles andere als uninteressiert. Doch was ist Wahrheit und was nur Wunschvorstellung? Kann es tatsächlich sein, dass Brittas Freund schwul ist oder bildet sich Mike alles nur ein und die Realität sieht ganz anders aus? Trotz aller Zweifel lässt sich Mike auf Eike ein und genießt die Erfüllung seiner Träume, bis plötzlich die grausame Wahrheit unaufhaltsam auftaucht …

Vier Personen,
zwei Jungs,
eine Affäre …
… und ein mörderisches Geheimnis …

Nacht am See
164 Seiten 14,90 €
ISBN: 978-3842342293

»… aus der lockeren Coming-Out-Geschichte [wird] ein Thriller, der zum Ende in einer mitreißenden Spirale eine Wendung nach der anderen liefert.« *Queer.de*

DANKSAGUNG

Mein Dank geht zum einen an Florian Höltgen, der mich bei diesem Buch immer weitergetrieben hat. Er sagte mal zu mir, dass man nur über Blut, Schweiß und Tränen zu einem guten Buch kommt und damit hatte er absolut Recht.

Zum anderen danke ich Alex Seinfriend für die Formung meines heißen Barkeepers, für die vielen Assoziationen vom männlichen Geschlechtsorgan und Unmengen an Warzenwörtern. Was haben wir gelacht!

Daniel Herne

Ich danke Daniel Herne, der sich mit Blut, Schweiß und Tränen noch nicht so gut auskennt und den ersten Kurs *Tränen* erfolgreich abgeschlossen hat. Wir alle sind froh, dass ich mich gerade noch zurückhalten konnte, nicht kurzfristig doch auf *Blut* umzuschalten …

Viel Liebe und Dankbarkeit geht an J. Dankert, deren freundliches Gemüt sich trotz allem nicht erschüttern ließ. Mal schauen, ob ich mir dein *Keep Calm and Call Mom* nicht abschauen kann. Ich tausch das dann gegen mein *Freak Out and Bark Loud* …

Alex Seinfriend